O tempo da infância

Françoise Ega

O tempo da infância

Relato da Martinica

tradução e posfácio
Maria Clara Machado

todavia

Para Délie, minha mãe
Para Acé, minha tia
Mulheres antilhanas,
como tantas outras…

A uma grande francesa,
sra. Gruss-Gallieni,
minha benfeitora

O tempo da infância 9

Os mundos da menina Françoise,
por Maria Clara Machado 180

I

Entre a bem-aventurada ignorância dos primeiros anos e o momento em que cada pessoa toma consciência de si, há um tempo em que o diminuto ser se volta para a vida como uma planta ávida pela primavera. Um tempo mais ou menos ensolarado ou povoado de maravilhoso. O erro é imaginar que as crianças são incapazes de ter sentimentos tumultuosos e dizer, a propósito de tudo e de nada, que elas não entendem.

De minha parte, consigo datar minhas lembranças mais antigas. Eu devia ter três ou quatro anos. Antes, era o nada desejado por Deus.

Eu me vejo brincando com meu irmão em frente a uma casinha isolada em Rivière-Salée, um fim de mundo perdido no sudeste da Martinica. Tudo era árido e desolador: áreas imensas de pau-campeche a perder de vista, um caminho cruzando outro caminho e um sol infernal, arrasando com sua luz dias inteiros sem domingo. Numa placa, pintadas de preto, liam-se as palavras POSTO FLORESTAL. Era a morada dos meus pais. Dia e noite, homens indo e vindo da labuta paravam ali. Vestiam-se miseravelmente com sacos de batatas ou de farinha. Os mais privilegiados, também miseravelmente vestidos, montavam, sem selas, cavalos que esporeavam com os pés descalços, gritando: "Eia! eia! eia! eia!". Todos trabalhavam nas plantações dos *békés*.*

---

* O termo pode designar os descendentes dos primeiros colonos brancos; pode remeter também, de modo geral, aos *créoles* nascidos nas Antilhas francesas. Raphaël Confiant informa, no *Dictionnaire universel français-créole*, que *béké* é o correspondente crioulo, em Guadalupe, da palavra francesa *blanc*

Toda vez que eles passavam, meu pai dizia: "Que lugar seco! A miséria dessa gente é gritante. Não tem verde, não tem água!"". Minha mãe acrescentava: "Nessa parte do Sul, o bom Deus não passou. Você tem que nos tirar daqui, pedir sua transferência". Vinda de um dos morros mais verdejantes da ilha, minha mãe se sentia fora de lugar, eu não. Eu não conhecia outra coisa e não achava que poderia ser diferente. Brincava na terra empoeirada e, a cada "eia! eia!", corria para ver o cavaleiro desaparecer na estrada.

Não me lembro do momento exato em que, de duas, passamos a ser três crianças. Um dia percebi que minha irmã Léonie trotava atrás de mim. Também não me lembro em que momento ou de que forma deixamos Rivière-Salée. Uma noite, num outro posto florestal, meus olhos surpresos descobriram uma casa rodeada de bananeiras, coqueiros e pés de inhame tão altos como homens. Água fresca brotava de uma fonte límpida e minha mãe ria de felicidade ao me apertar contra seu peito. Ela exclamava: "Viva o Norte! Finalmente vamos ver a chuva cair, os pepinos crescerem, e vai ter mais fruta-pão do que vamos conseguir comer".

A miséria no Morne Carabin era decente, os sacos de farinha tomavam forma: eles tinham mangas. Raras eram as mulheres que os vestiam. Elas usavam vestidos de algodão colorido. O povo saía para o "trabalho" mais dignamente, sem parecer gado humano. Até o patoá* era mais cantado nessa região e os moradores, mais amigáveis.

(branco), conforme segue: "(*créole*) *bétjé/ bétjé kréyol* (*mat.*), *béké* (*gwd.*); *blan-péyi* (*gwd.*)". Em diversas entradas do dicionário, *béké* surge em exemplos de outros termos, acompanhado da explicação entre parênteses "*blanc créole*". Com o tempo, os sentidos de *béké* se ampliaram, abarcando questões raciais, sociais e políticas. [Esta e as demais notas são da tradutora.]   * A narradora emprega o termo *patois* no original para evocar a língua materna falada. Preservamos a opção de tradução presente em *Cartas a uma negra*.

Na semana seguinte à nossa chegada, vimos passar muitos homens que queriam conhecer o novo guarda. Este cultivaria o terreno ao redor do posto, aquele mostraria os "atalhos" que levariam de um morro a outro. Um outro falava de fantasmas que assombravam a nascente e diabinhos que corriam pela floresta, em pleno meio-dia, para desorientar os recém-chegados.

Meu pai se informou sobre a escola porque, segundo ele, não queríamos falar nada em francês. Logo entendi que poderia ser bom falar francês. Um *béké* morava naquelas paragens e vinha ao posto. Depois que ele ia embora, minha mãe comentava que os filhos dele falavam bem e nunca "eia, eia!" ao longo do dia. Fomos então para o jardim de infância.

A escola era composta de um único cômodo coberto de palha e o piso era de terra batida. Srta. André, a professora, carregava uma sombrinha e usava meias. Eu passei os primeiros dias de aula reparando naquelas "coisas" que prendiam as pernas da professora, de tanto que aquilo me parecia inacreditável. Minha surpresa atingiu o ápice quando minha mãe encomendou sapatos da cidade. Estávamos nos tornando diferentes das outras crianças. "Esses são os filhos do guarda-florestal", diziam, são "mimados". Enquanto meu pai nos acompanhava à escola, estava tudo bem, mas as coisas se complicaram quando passamos a ir sozinhos: zombavam dos nossos sapatos.

Um dia, meu irmão Armand resolveu dar um basta naquilo e, numa curva do caminho que escondia nossa casa, nos fez tirar as botinas e as colocou atrás de uma pedra enorme. Todas as manhãs, o pequeno ritual se repetia e nós tirávamos os sapatos com a aprovação da criançada em festa.

Se nossos pés livres pisavam alegremente a grama da savana, as botinas, elas não se desgastavam. Mas, num fim de tarde, atrás da rocha onde meu irmão as guardava, não encontramos nada. O que iríamos dizer quando chegássemos em casa? Com ar macambúzio e em fila indiana, avançamos. Minha mãe esperava por nós e a primeira coisa que ela notou foram nossos pés sem botinas: "Esperem um minuto!", disse, calmamente, e não havia nada de tranquilizador naquela calma. Ela voltou com o cinto militar que meu pai guardava num baú cheio de naftalina e capim-limão e nos acertou com um golpe tão forte que meu pai precisou detê-la. Daquele dia em diante, querendo ou não, os sapatos ficaram em nossos pés.

A professora se interessava muito por mim e dizia que eu era inteligente. Meus coleguinhas caçoavam: "É por interesse que ela diz isso, porque você é filha do guarda!". Sim, eu gostava de tudo que ela me ensinava, mas receava seus elogios. De que me serviria ser intimidada pelos outros? Todas as noites eu revisava as lições do dia e minha mãe puxava minhas orelhas para que eu ficasse calada. Eu fechava a boca, e as sílabas continuavam a rodar na minha cabeça.

Pouco a pouco, fui me interessando pelas histórias que meu pai contava aos homens que visitavam o posto. Eles haviam lutado na Primeira Grande Guerra e juntos debulhavam suas lembranças. Meu pai contava como ele havia ido parar no estreito de Dardanelos, com os zuavos,* que partiam ao ataque munidos de faca entre os dentes! Certa manhã, tirou de uma mala um uniforme militar com botões dourados, passou-o com cuidado, prendeu uma medalha na lapela do paletó e recomendou a minha mãe que preparasse um frango, pois era dia da Festa da Vitória.

Em Salonique, seu cavalo, ele colocou uma grande papoula entre o freio e o bridão, pôs meu irmão na garupa e se dirigiu ao vilarejo, onde uma missa seria celebrada aos veteranos. O povo todo estava na rua para vê-los passar e minha mãe nos

---

* Soldados argelinos que compuseram uma infantaria colonial criada pela França em 1930.

explicou com certo orgulho que seu marido era "sargento do Exército francês". Nunca me cansava de contar essa história na escola, onde ganhei muita consideração. Era uma competição para ver quem me trazia uma fruta, um cipó ou algum pássaro recém-capturado.

A vida no Carabin transcorria com calma e regularidade, pontuada pelo ritual pluviométrico. Quando chovia, munido de um lápis vermelho e azul, meu pai registrava, num grande caderno, a densidade das rajadas de chuva. Esse lápis nos fascinava, mas era sagrado e ninguém podia tocá-lo. Caso fosse perdido, seria necessário percorrer nove quilômetros para comprar outro.

Depois da escola, íamos catar grama para os coelhos, e essa era a melhor hora do dia. Desaparecíamos nas plantações de repolho-chinês ou cará, onde nossas cabeças mal podiam ser avistadas. Colhíamos arnica-do-mato às braçadas. Saint-Ange, que servia como menino de recados, cavalariço e parceiro de brincadeiras, nos acompanhava. Assim que via um pé de graviola, subia até o topo e apalpava frutos do tamanho de sua cabeça. Do alto da árvore, ele se empanturrava e nos garantia que não morreria de dor de barriga, mas previa as piores catástrofes para nós. Meu irmão, que não queria ouvir nada daquilo, só de vingança corria até algum cacaueiro e nos jogava frutas. Abri-las era um jogo no qual nos destacávamos. Um golpe forte contra uma árvore revelava um cofre de sementes aveludadas e suculentas. De braços carregados de grama, fartos de frutas e ar puro, voltávamos felizes para casa.

Cedo da noite, mamãe fechava portas e janelas. Meu pai havia construído uma cama grande de madeira na qual dormíamos nós três. Às vezes, à noite, "eu via fantasmas". Uma sombra entrava pela janela, que no entanto havia sido fechada no dia anterior, e essa sombra levantava o cobertor que nos envolvia.

Minha imaginação entrara em alerta desde a noite em que os vizinhos falaram de fantasmas. Entretanto, mesmo agora, duvido que estivesse sonhando... Minha mãe ria de mim, até o dia em que, ao acordar cedo, encontrou um buraco grande recém-cavado em frente à nossa porta. Ela alertou meu pai, nos pôs de joelhos e começou a rezar. Ela sempre rezava, minha mãe, diante dos fatos que não sabia explicar. Meu pai, antigo sargento que havia enfrentado os turcos nos Dardanelos e os alemães na França, não acreditava mais nas lendas das Antilhas. Ele pegou uma enxada e, enquanto xingava o ser inconveniente que o havia cavado, cobriu o buraco.

Foi logo depois disso que ele se sentiu cansado. Saiu assim mesmo para fazer a ronda na floresta, pois tinha sido informado de que havia invasores cortando árvores sem licença. Ao meio-dia ele não voltou para o almoço. Minha mãe ficou preocupada, o buraco na frente da porta a havia deixado nervosa, qualquer coisa a assustava. Ao anoitecer, quando estava indo à procura de meu pai, um grupo de homens chegou. Um segurava Salonique pelas rédeas; com meu pai debruçado sobre a sela. Seus companheiros o apearam da montaria e minha mãe gritou: "Não passem por cima do buraco!". Após reanimar meu pai a um estado de semiconsciência, ela lhes contou a história.

"Com certeza", disse um deles, que usava um grande chapéu *bacoi*,* "como o guarda-florestal nunca tem medo de nada, tinha que ver com os próprios olhos; finalmente, viu!" Meu pai entrou em casa antes dos outros, com ar sombrio. Quando se afastou, as línguas se soltaram. Não era estranho que justamente aquele homem, Açon, tivesse encontrado

---

* No original, o termo usado é apenas *bacoi*, grafado normalmente como *bakois*. É uma palavra do crioulo martinicano que remete à árvore conhecida pelo mesmo nome, da qual se retiram as fibras que são utilizadas para a confecção do chapéu típico usado na Martinica, o *chapeau de bakois*.

o guarda-florestal estendido na mata? Foi ele, com certeza, quem cavou esse buraco. Minha mãe, que esperava um bebê, só fazia chorar, e mulheres, vindas em seu socorro das aldeias vizinhas, preparavam infusões, exaltando a eficácia desta ou daquela planta.

Meu pai acabou recobrando os sentidos e pôde nos contar que, após ter tapado o buraco, se sentiu "estranho". Um mal-estar esquisito o havia dominado à medida que se embrenhava floresta adentro. Durante um tempo, lutou contra o sono que o paralisava e então finalmente desfaleceu. Ele ficou doente por um mês inteiro, e eu ouvia tanto falar de fantasmas que minhas noites se tornaram assombradas. Eu adormecia apenas pela metade, via sempre um homem retirando nossas cobertas de algodão florido. Senti perturbada a tranquilidade dos meus cinco anos! Os melros, ao cair da noite, se transformavam em diabinhos que se refugiavam nas palmeiras, e se por acaso eu seguisse Saint-Ange até a fonte, agarrava a ponta da camisa dele de tanto que temia ver aparecer uma demônia se penteando numa rocha.

Meu pai se recuperou e se obstinou em não crer em nada daquilo. O homem do chapéu *bacoi* passava toda manhã em frente a nossa casa, com a enxada no ombro, a barra da calça arregaçada e o bigode desarrumado; ele não sorria, mas um vinco eterno curvava seus lábios num riso sombrio. Minha mãe se benzia e nós nos refugiávamos atrás das cortinas.

Meu pai lhe dizia: "Então é você que tem queimado carvão sem licença?". O outro respondia: "Você nunca me pegou fazendo isso!". As pessoas da aldeia insistiam, sempre que tinham a oportunidade, que não se devia enfrentar o homem, o feiticeiro mais famoso dos morros da região. Meu pai encolhia os ombros, subia ao topo de um morro de onde podia ver toda a floresta nacional, entre o Carabin e o Marigot, e detectar o menor traço de fumaça. Então partia em direção a ela e muitas vezes encontrava carvoarias clandestinas.

Certa manhã, ele disse a Saint-Ange: "Vem comigo ali atrás dos jatobás; tem fumaça e não expedi nenhuma permissão nos últimos oito dias". Os dois partiram armados com faca para abrir passagem em meio aos cipós da grossura de um braço. Os bambus imensos estalavam seu craquear habitual ao menor sopro do vento. Das bananeiras-do-mato pendiam flores vermelhas ou amarelas, as samambaias gigantes serviam de proteção contra o sol. O silêncio era quebrado apenas pelo som de seus passos e, ocasionalmente, pela batida surda do machado de um lenhador contra uma árvore. Eles entraram numa clareira onde toras recém-cortadas jaziam em desordem. Um forno a carvão estava sendo montado. Para a surpresa dos dois caminhantes, não havia vivalma ali, mas sentiram que estavam sendo observados. Meu pai gritou: "Eu sei quem cortou esses ingás e jatobás. Você vai ter que se ver com a lei!".

Saint-Ange mal teve tempo de pular para o lado: "Cuidado!". Uma cobra enorme se enrolava a uma pilha de toras. Meu pai ergueu o cutelo e a cobra desapareceu como num passe de mágica. Então uma grande risada sacudiu a floresta. Saint-Ange se benzeu e, pela primeira vez, meu pai teve medo.

Ele voltou para casa e dessa vez, sem rir, nos contou a aventura. Minha mãe tremia dos pés à cabeça e suplicava que o marido deixasse o posto: "Precisamos ir embora, aqui é pior que Rivière-Salée. Lá, eu não temia tanto pela sua vida".

Depois desse incidente, a saúde de meu pai se deteriorou; ele saía com menos frequência para suas longas rondas pela floresta e não escondia sua ansiedade.

Recusou-se a ir à cidade para se tratar, preferindo se estabelecer no vilarejo de Lorrain, a cinco quilômetros do Carabin.

Na época eu tinha seis anos, um irmão e três irmãs menores e, pela primeira vez na vida, morava num lugar em que havia vizinhos. No morro de onde vínhamos, o isolamento era grande. Quando havia uma morte ou acontecimento importante nos morros adjacentes, tocavam uma concha de lambi* para alertar os habitantes. De povoado em povoado, respondia-se da mesma maneira e, por instinto, nos dirigíamos aos lugares de onde chamavam.

Explodi de alegria ao ver na casa próxima à nossa uma garotinha da minha idade, e meu deslumbramento chegou ao ápice quando descobri o oceano a cinquenta metros de onde morávamos. No começo, quase não me aventurava. Minha mãe dizia que o mar ao norte da ilha era "traiçoeiro". Habituada às águas transparentes dos rios, tanto azul me embriagava, e logo, acompanhados de nossa nova amiga, Ferdily, descíamos a ladeira que levava à praia para catar conchas brancas, amarelas ou rosa. Nossos bolsos ficavam sempre repletos delas.

Às vezes, eu escapava sozinha. Os adultos diziam que atrás do oceano havia "o outro país", a França. Todo mundo tinha alguém no outro país. Eu tentava imaginar que "outro país" era esse. Talvez as ruas fossem pavimentadas com ouro? A professora André havia me ensinado que lá existiam montanhas cobertas de neve. Como seria a neve? Sem dúvida doce, e era por isso que todo mundo sonhava em ir para lá!

Era muito bom pensar nisso tudo, sozinha, enquanto o oceano levava em suas ondas milhares e milhares de espumas brancas. Que espécie de deus derramava incansavelmente sacos de algodão no mar? Eu os via chegar com pressa e, como

---

* *Conque de lambi* no original, ou *conque à lambi*, é uma grande concha perolada cuja forma lembra uma orelha de elefante dobrada. Muito comum nas Antilhas, o lambi é uma espécie de molusco marinho que vive dentro da concha e sua carne é bastante apreciada pelos antilhanos. Antigamente, uma vez esvaziada, a concha servia de instrumento de chamamento para reunião entre os escravizados. Mais tarde, passou a ser utilizada como ferramenta de comunicação de mortes em vilarejos afastados. Hoje, a pesca do animal está protegida, apesar de ainda ser praticada.

por milagre, depois de uma última rebentação, desaparecer sob meus pés. Nem ameaças, nem palmadas me afastavam da minha nova paixão. Meu pai dizia que, sentada ao pé do coqueiro olhando o mar, eu acabaria com a cabeça rachada por um fruto que caísse da árvore.

Acredito que o que meus longos períodos de frente para o mar me ensinaram se chama meditação. Quem aprende a pensar diante da natureza nunca está só; seja em meio a uma multidão enfadonha, seja sozinho no mundo, a mente se povoa de tantas imagens e lembranças que a solidão se torna abençoada.

II

O estado de meu pai piorou; ele havia emagrecido. Minha tia Acé, vinda do Morne-Rouge, levou minha mãe para consultar uma vidente. "É tarde demais", disse-lhes ela. Meu pai sofria os efeitos de um feitiço e iria morrer. Eu podia ouvir a conversa sussurrada, mesmo que tivessem a precaução de se calar quando nos aproximávamos. Meu pai foi para o hospital militar em Fort-de-France. Era necessário atravessar uns vinte quilômetros para chegar a Saint-Pierre e pegar o barco que levava à capital. Minha mãe, acompanhada de Saint-Ange e de minha tia, levaria apenas meu irmão e eu. As duas outras pequenas ficariam com Ferdily. Na noite anterior, nos puseram na cama cedo, pois sairíamos ao primeiro canto do galo. Não tínhamos despertador, meu pai levou seu colete e um relógio de bolso de prata herdado de seus pais. Eu não dormi muito naquela noite. A cada instante, ouvia cantar o galo e gritava: "Está na hora!".

Por fim, minha tia nos vestia enquanto Saint-Ange preparava uma tocha. Ele guiava o grupo; a estrada encascalhada se desenrolava à nossa frente, inquietante. Eu me abraçava à minha mãe. Minha tia assegurava: "Quando a estrela do Norte surgir, é porque o dia estará próximo, vamos pegar um atalho pela mata, os fantasmas terão ido embora".

De morro em morro ouvíamos os cães latirem para a lua. Os animais endiabrados nos confrontavam como chuva de estrelas. Os bambus estalavam, as folhas de bananeiras desenhavam na noite clara sombras semelhantes a gigantes. Minha mãe falava pouco, tia Acé, para elevar o ânimo, contava mil coisas. Com a ansiedade da partida vencida, eu começava a sentir cansaço.

Um dia arroxeado se desenhava. Há quanto tempo eu caminhava? Duas horas, três, talvez quatro? A partida ocorreu como tia Acé havia previsto, ao primeiro canto do galo, por volta das duas horas da manhã. Eu pensava: "E se a tia Acé tiver se enganado de galo?". Sem aguentar mais, partilhei minha inquietude, "talvez tivéssemos saído à meia-noite?". "Não", respondeu, "os galos só cantam à meia-noite em ponto no dia de Natal."

Finalmente a noite terminou; atrás de nós, uma monstruosa gema de ovo se erguera do mar, passando por todas as tonalidades, do damasco ao vermelho, e de repente surgiu um sol muito plano lá em cima para guiar nossos passos.

"Vamos entrar no bosque", disse Saint-Ange.

Ele nos conduziu por uma passagem margeada por bananeiras-do-mato de três metros de altura, embaúbas de folhas brancas e verdes que disputavam espaço com os mognos. Às vezes, nossos pés esbarravam em bananas enormes. Eu não conseguia mais andar e se revezavam para me carregar... Atravessamos um rio, tia Acé disse que Ajoupa-Bouillon não estava longe e comemos por lá, perto da água. Retomamos a estrada e ao meio-dia chegamos à casa de tia Acé. Ela morava numa cabana da qual eu já tinha ouvido falar muito, havia sido da minha avó.

Meu pai morou ali quando criança e eu a observava com simpatia; parecia que eu a conhecia desde sempre. Acé nos preparou um inhame enorme no fogo a lenha, e eu já havia percebido, no fundo da casa, uma imensa cama que alcançávamos por uma escada; eu só tinha um desejo: deitar-me nela. Acomodaram-me lá, e enquanto o sono me dominava, ouvi tia Acé murmurar: "Não faz muito tempo, era o pai dela que brincava de esconde-esconde embaixo dessa cama!...".

Era preciso continuar a viagem ao raiar do dia. Tia Acé amarrou seu belo madras de domingo, cingiu os quadris com outro, dobrado em triângulo, disse para minha mãe que fizesse o mesmo, pois, segundo ela, quando estava cansada, tinha em que apoiar os quadris. Minha mãe, sem hesitar, refez os mesmos gestos hereditários.

Dessa vez, Saint-Ange não nos acompanhou; ficou no Morne-Rouge com meu irmão. Sete quilômetros nos separavam de Saint-Pierre. Tia Acé estava habituada ao caminho porque toda manhã saía para entregar leite no barco que fazia escala no porto. A palavra "barco" me encantava. Eu os via passar no horizonte e sempre me perguntava que espécie de milagre os mantinha em equilíbrio apesar das ondas. Quando chegavam da França, minha mãe dizia: "Em dois dias receberei o catálogo da Samaritaine".* Para mim, eu sabia sobretudo que era o único meio de transportar as pessoas ao "outro país".

Ao longo de todo o caminho, tia Acé era abordada por seus conhecidos; perguntavam-lhe com simpatia: "Quem são essas pessoas? As crianças que estão com você estão cansadas? Quer um *zaccari*,** um pedaço de batata? Ah, coitada da sua cunhada! O marido dela está doente lá em Fort-de-France?...". Tia Acé atendia a todos e seguia seu caminho.

Em meio à curiosidade afetuosa, chegamos a Saint-Pierre algumas horas mais tarde. O barco já estava no porto e longos chamados de sirene reuniam os passageiros. Eu o vi se balançando sobre a água e, apesar de um nome tranquilizador, o *Vigilante*, ele não me inspirava nenhuma confiança. Me escondi atrás da minha mãe e me recusei a atravessar a passarela de madeira que levava à ponte. Tia Acé me pegou nos

---

* La Samaritaine é uma grande loja de departamento fundada em 1870, em Paris, por Ernest Cognacq, na Rue du Pont Neuf. ** Pão tradicional da cozinha antilhana.

braços e me colocou dentro da embarcação. Eu me debatia como uma demônia; meus gritos de terror divertiam as mulheres sentadas entre cestos cheios de frutas ou peixes. O *Vigilante*, depois de uma última saudação estridente e fumegante, afastou-se do cais, e lembro que, num fogão a carvão, a cozinheira fazia bolinhos de bacalhau.

Os pés de tamarindo de La Savane* e, mais adiante, a estátua de Josefina, foram as primeiras coisas que vi. Ao pé do forte Saint-Louis havia pequenos comércios cujos proprietários eram todos conhecidos de tia Acé; ela lhes contava do meu pânico e seu relato me enchia de constrangimento.

Fort-de-France, para mim, era um sonho. Eu a adornava com mil qualidades. Não era esse o lugar aonde iam para chegar a outros países? Os "outros países", para os martinicanos, são lugares criados por Deus para um dia irem embora: a Guiana, a Venezuela, Caracas, a América do Norte e sobretudo a França.

Minha mãe, segurando-me pela mão, tomou o caminho da Levée, a avenida mais bonita da cidade. Passamos a tarde na cabana de uma amiga de tia Acé, tanto que elas tinham o que contar uma à outra! Caía o dia e as comerciantes de frituras e leite começavam a se posicionar às margens da avenida, separada das Terres-Sainville** por um canal repugnante.

---

* Parque localizado na cidade de Fort-de-France, capital da Martinica, que abriga a estátua da antiga imperatriz Josefina de Beauharnais, nascida na ilha em 23 de junho de 1763 e primeira esposa de Napoleão Bonaparte. Os jardins a leste do parque La Savane ficam de frente para o Forte Saint-Louis.
** O bairro de Terres-Sainville foi uma das primeiras regiões de periferia de Fort-de-France, pantanosa e insalubre, onde se abrigaram populações refugiadas das erupções do monte Pelée, vindas do interior da ilha. A partir de 1920, a prefeitura da cidade começou a reurbanizar o lugar, repleto de habitações vulneráveis. Reergueram-se casas e aterraram-se ruas do bairro, que, ao longo do tempo, se tornou local de reunião de operários, artesãos e trabalhadores braçais negros, mas também de chineses e hindus.

As mulheres desciam até lá com baldes cheios de lixo, esvaziavam-nos e os enxaguavam na água turva. Minha mãe apressava o passo e tia Acé resmungava: "É por isso que não gosto da cidade, é muito suja! Pelo menos no Morne-Rouge enterramos o lixo num buraco e o cobrimos, enquanto aqui... Meu Deus do céu!".

No hospital, achei meu pai tão mudado que tive medo de o abraçar; minha mãe chorava e Acé maldizia das injeções que certamente matariam seu irmão. Ela falava com tanta convicção que meu pai resolveu voltar para casa. Partiríamos em dois dias e todos juntos.

Minha mãe nos conduziu à casa da minha madrinha, no Transat, onde o marido dela, vigia de uma célebre companhia, tinha direito a moradia. Eu estava feliz em conhecer essa madrinha que havia enviado a minha primeira boneca de papel machê. Atravessamos novamente a Levée em toda a sua extensão e vi com estupefação os primeiros postes de luz da minha vida. Achava a luz deles talvez maior que a dos vaga-lumes, porém mais pálida. E depois, como parecia insignificante em comparação com a lua que subia atrás dos morros! Compartilhei minhas impressões com minha mãe, que me achou muito tola.

Eu observava com atenção as mulheres ao longo da avenida; elas ofereciam frituras e leite, e cantavam: "Olha o *chèlouuuu*!* Olha o arroooooz!".

As vendedoras de amendoim gritavam com vontade: "Bem torraaaado! Bem torraaaado!".

Outras mulheres abanavam casualmente grandes latas de leite fervido, e pequenos lampiões de querosene iluminavam, com chamas bruxuleantes, pedaços de chouriço de cheiro apetitoso. Pequenas pontes de madeira jogadas sobre o canal ligavam Terres-Sainville à Levée. Uma escola, instalada ali e

---

* *Chèlou* é um prato à base de miúdos de boi.

fechada naquela hora, assumia um aspecto terrível. Achei-a imensa em comparação com as que conhecia. Tia Acé a apontou com o dedo e me disse que tio Alexandre era o diretor; era preciso, dizia ela, que eu estudasse rápido e bastante para obter meu diploma do primário.

Então, para me mostrar que conhecia bem a cidade, ela exclamou: "Olha só a coisa mais bonita que existe! O jardim Desclieux. Tem um crocodilo e até um macaco! Aqui as árvores são bem podadas, as mangueiras são plantadas em fileira como as palmeiras lá do hospital".

Não vi nada, já era noite, mas pensei no ridículo que eram aquelas árvores plantadas em fileiras; como alunos, ora! Filas de repolho-chinês e de carás ainda vá, mas de mangueiras! Essas árvores que se encontravam nos lugares mais inesperados, à beira das matas para alimentar os mangustos, acalmar a fome dos estudantes ao longo das estradas, refrescar as carregadoras de leite e os trabalhadores!

"É engraçada a cidade", eu disse à minha mãe.

Ela me olhou com ar severo:

"Pois bem! É assim, tudo é civilizado."

Uma barreira de madeira protegia a entrada da Transat. Um guarda veio abri-la e minha mãe lhe explicou o motivo da nossa visita. Com o dedo, ele nos indicou uma pequena casa de dois andares, ao abrigo de um enorme pé de *mamoncillo*.*

Sob a varanda havia uma gaiola com pássaros amarelos. Fiquei paralisada. Nunca tinha visto pássaros daquela cor. Beija-flores verdes e azuis, melros-pretos, sabiás cor de chocolate, tudo isso me era familiar, mas aqueles passarinhos saltitantes

---

* *Mamoncillo*, ou lima espanhola, é o nome popular de uma árvore frutífera da família *Sapidaceae*, bastante presente nas Antilhas e em regiões da América Central e da Colômbia.

naquela espécie de caixote cercado de grades, o que poderia ser? Perguntei a tia Acé:

"É uma gaiola com canários dentro."

Decididamente, a cidade surgia sob uma luz desagradável. Por que trancar pássaros?

Minha mãe teve de me puxar pelo braço para me levar para dentro da casa. Na soleira da porta, a madrinha Julie me esperava, ereta e majestosa. Ela era como eu imaginava, uma verdadeira dama da cidade, usando espartilho e bem penteada.

Ela me abraçou efusivamente, confortou minha mãe e encontrou as palavras certas para deixar tia Acé à vontade. Era tão acolhedora que me fez esquecer o ressentimento contra Fort-de-France. O marido dela, um homem grande e jovial, conseguiu animar minha mãe e prometeu me mostrar o porto, mas as escadas me chamavam mais atenção. Era a primeira vez que via uma casa de dois andares. Muitas vezes subia em árvores com meu irmão. Ele se empoleirava no alto das árvores de fruta-pão e, junto com Saint-Ange, me provocavam. Ambos contavam que viam os canaviais dos *békés* "varando" o horizonte. Eu me contentava em subir nas goiabeiras, mais dentro das minhas possibilidades.

Aquela escada não me inspirava a menor confiança! Minha madrinha me levou até o andar de cima e, mal cheguei, corri até a janela para avistar o horizonte. Só vi o tronco do pé de *mamoncillo* com galhos carregados que encobriam o céu. Que decepção! Será que a escada era segura? Várias vezes desci da cama para me certificar; quando afinal sosseguei, dormi tranquilamente.

No dia seguinte, minha mãe saiu para fazer compras. Minha madrinha, encantada com minha companhia e com minhas observações de menina da roça, me levou para visitar o porto. Havia barcos enormes amarrados como grandes gafanhotos agarrados num galho. Meu tio, encostado no convés de um navio a vapor, gritou para que nos deixassem subir até ele. Recusei enfaticamente. Ele então veio em nossa direção e tirou do bolso uma fruta amarela e vermelha. Não era uma manga, era muito redonda; não era uma ata, os gomos eram muito grudados; nem uma goiaba, seu cheiro era incerto. Olhei para ele com desconfiança.

"É uma maçã francesa", ele me disse, "morda!"

Eca! Como era sem graça! Decepcionada, deixei-a cair.

Após o almoço, Julie quis pôr uma música para mim no gramofone. "O que era isso agora?", pensei.

Sobre uma mesinha ficava uma caixa que ela destampou com cuidado. Uma imensa trepadeira de metal floresceu dali. Devia ser uma flor vinda da França, não havia nada igual no Lorrain.

Ela ajustou a flor, colocou também uma rodela de papelão e aconteceu um milagre! "Aquilo" cantava: *"Elles se font toutes couper les cheveux!"*. "Aquilo" girava e, do disco de papelão, uma a uma, espirais escapavam. Achei que fosse um truque e, com um gesto brusco, suspendi o forro de seda que cobria a mesa para ver se não havia alguém escondido sob o móvel. Julie ria e minha mãe, confusa, assegurava que eu era uma selvagem indigna de viver na cidade.

O disco parou. Eu o peguei e grudei à orelha: mais nenhum som. Toquei a trepadeira com as mãos, sacudi-a um pouco: ela continuava muda. Então perguntei a tia Acé quem havia cantado, o diabo ou o Bom Deus?

Uma vontade tomou conta de mim: voltar para casa e finalmente contar o que tinha visto.

No dia de nossa partida, fui acordada pelo canto das vendedoras de graviola e de coco; elas carregavam as mercadorias na cabeça, paravam diante dos operários que vinham dos canteiros de obras do porto. Prontamente, depositavam suas bandejas no chão, entregavam aos fregueses os cocos, depois de abrir com um golpe de faca preciso um orifício no fruto suculento. Os homens compravam, jogavam a cabeça para trás e esvaziavam os cocos com sofreguidão. Eu não sabia que se vendiam frutas, pois minha mãe sempre as dava ou recebia em sacas, e essa negociação me desagradou.

Meu pai veio nos reencontrar na casa de minha madrinha. Ele ainda parecia mal e minha mãe continuava preocupada. Julie me deu uma boneca de papel machê; eu a apertei contra o peito, retomando junto da minha família o caminho de volta.

Durante as três horas de barco, meu pai me pôs no colo e o escutei murmurar: "É pena que você não seja um menininho!". Ele dizia a tia Acé que deixaria o Lorrain e se mudaria para Saint-Pierre, sua cidade natal. Lá, ele tinha esperança de se curar; dizia também que, ao atravessar as ruínas da cidade renascida,* ele havia se sentido outro homem. Uma das irmãs dele morava lá; era casada com um irmão de minha mãe e tinham catorze crianças, que se alegraram com nossa ida.

Eu nunca os havia encontrado assim, todos juntos, pois os mais velhos foram nos visitar um de cada vez. Na noite de nossa chegada, eu os vi juntos. A mais velha das meninas preparava o jantar e o último, um meninão, puxava a saia de minha tia Clotilde.

Acé, que tinha apenas duas filhas, disse em tom zombeteiro: "Acho que vocês já fizeram crianças o suficiente! Peçam a Deus para parar".

Impassível, tio Cyprien replicou: "Você acha mesmo? Se o vulcão não tivesse queimado cinco dos meus irmãos e irmãs e dez dos seus, você teria muito mais sobrinhos, né!?".

---

* Fundada em 1635 por colonos franceses, foi o centro comercial da ilha até 8 de maio de 1902, quando o monte Pelée entrou em erupção. Cerca de 30 mil pessoas morreram. Reconstruída posteriormente, muitas ruínas permanecem no local.

Eles comiam um *blaff** de peixe cheiroso. A pele dos meus primos era tingida de todas as cores; havia a pele parda dourada, o preto ébano, a mestiça de cabelos macios, e apesar de tudo, eles se pareciam.

Havia muito tempo não escutava o riso aberto e franco do meu pai. Naquela noite, ele explodia, preenchia a casa, ultrapassava o telhado de zinco e contava às mangueiras, ao Roxelane** fluindo na frente da porta, às ruínas e às sombras da noite, a alegria de ter reencontrado os seus.

---

* *Blaff* é o nome de um prato típico da culinária guiano-antilhana, feito a base de peixes sortidos marinados no suco de limão. ** Rio da Martinica que deságua no mar do Caribe na altura de Saint-Pierre.

III

Nós nos preparávamos para partir, para deixar o Lorrain, pois meu pai havia conseguido uma licença do serviço por um ano; até lá, estaria curado, imaginava. E acrescentava alegremente: "Quando eu estiver bem, iremos pra França. Lá, nunca ouvi dizer que houvesse feiticeiros!".

Minha mãe anuia, mas pensava nas previsões da curandeira. Ela estava muito feliz em se afastar do mau-olhado daquele que brincava com a vida do marido. Mais uma vez nossos pertences foram guardados em malas ou cestos caribenhos. Saint-Ange se recusou a deixar o morro, mas a menina que era nossa empregada, Anne, se preparou fielmente para nos seguir.

Saint-Ange ajeitou seu magro enxoval num madras, enfiou o embrulho numa vara que colocou no ombro, nos abraçou chorando e partiu rumo a seu barraco.

Os homens da família vieram nos buscar e foi a cavalo, dessa vez, que saímos do Lorrain. Meu coração pesava, sentia que me faltava alguma coisa, e gostaria de ter levado meu colchão, meu coqueiro, a tão gentil Ferdily e Saint-Ange, que sabia tão bem encontrar passarinhos. Para me consolar, minha mãe me contava que meus primos, aqueles de Saint-Pierre, sabiam pescar peixes grandes e lançar canoas ao mar.

Em Saint-Pierre, tio Cyprien encontrou para nós uma casinha no bairro do Mouillage, onde ficava um antigo convento. Meus primos me disseram que às vezes, à noite, os fantasmas das freiras vinham assombrar as ruínas; podiam ouvi-las rezando. Minha irmã Léonie, meu irmão Armand e eu tínhamos notado que aquelas pedras antigas eram locais excelentes para escalar em busca das sapotas amarelas. A cor delas nos convidava à colheita. De formato oval, do tamanho de um ovo, eram de um amarelo brilhante, e a casca frágil se abria à menor pressão dos dedos, jorrando grãos de um vermelho intenso e pegajosos.

De manhã, meus pais previam o tempo que faria observando o monte Pelée. Se estivesse coberto de nuvens, choveria, mas se, no entanto, o pico pudesse ser avistado com nitidez, faria um dia bonito. Eu o olhava, aquele vulcão comedor de homens. Uma fumaça fina ornava permanentemente sua cratera. Em seu flanco, um rochedo enorme em forma de gato adormecido repousava. Curiosos se aventuravam aos domingos nas encostas e traziam flores desconhecidas. Meus primos se faziam de guias e conseguiam não se perder naquele labirinto de pedras.

Minha tia Clotilde, com um bebê nos braços, dois outros agarrados à saia, olhava inquieta a montanha, aguardando o retorno deles. Ela só conseguia se alimentar quando estava rodeada por sua ninhada prodigiosa.

Aliás, ela vivia para os filhos, não ia ao mercado, nunca saía de casa. O marido e os filhos mais velhos se encarregavam das provisões. Ela só deixava o ferro de passar ou o cesto de roupa suja para observar as idas e vindas do barco que saía de Fort-de--France. No entanto, tinha um passatempo: isso abria espaço ao seu redor, tendo ela uma necessidade compreensível de espaço vital. Retirava, pedra por pedra, as ruínas em volta de sua casa e exibia o terreno que recuperava com a pá. Ela havia assim descoberto uma grande pia de mármore branco, a cobrira de terra e afirmava que as cinzas, de cerca de vinte e cinco anos, constituíam o melhor fertilizante para o cultivo de tomates e inhames. Com a ponta da pá apontava para outros cantos que queria consertar. "Aqui, este vai ser o meu galinheiro, e ali vou aumentar o abrigo para os porcos", dizia. Por vezes, naquele sítio arqueológico improvisado, ela extraía vestígios de um passado ainda recente. Sua casa havia sido construída no antigo local de uma loja? Ela então retirava da terra bonequinhas de porcelana branca, uma série de copos retorcidos e louça derretida durante as erupções de 1902. Gostava de contar que seus vizinhos tinham ficado ricos ao retirar das cinzas um estojo cheio de ouro. Tio Cyprien replicava que sua esposa, por sua vez, só levava para casa louças com formato de conchas estranhas.

Saint-Pierre emergia das ruínas com seu ar misterioso. Ao entardecer, meu pai passeava em nossa companhia, do forte até o Mouillage. Ele escolhia essa hora suave em que o crepúsculo arroxeado atenuava o calor do sol. Caminhando, nos contava a história de sua irmã Joséphine, a doceira que, em vez de se salvar longe do vulcão, em 1902, preferiu a cidade grande e morreu queimada.

Às vezes íamos ao Morne-Rouge, a sete quilômetros de Saint-Pierre, à casa de tia Acé. Era sempre uma festa em sua casa. Sobre folhas de bananeiras-do-mato, ela colocava grãos de café para secar depois de abri-los, batendo entre duas pedras os frutinhos que os encerravam. Essa operação ocorria na entrada da casa. Eu pegava os mais maduros, mastigava e descartava o que para mim eram apenas caroços comuns. Tia Acé ficava indignada: "Bobinha! Você joga o melhor fora".

Um enorme caramanchão, onde os chuchus se misturavam aos maracujás, decorava o pátio. Num canto do jardim, coqueiros carregados de frutos balançavam os galhos ao vento. Tudo ali era carregado de doces tradições. Meu pai reencontrava o caldeirão de mandioca e o pilão de milho. Essas alegrias eram prerrogativas da quinta ou do domingo, porque estávamos matriculados numa escola em Saint-Pierre.

Uma mulata* bonita de cabelos pretos era minha professora. Mas alguma coisa havia acontecido. Eu tinha perdido, para

---

* Embora o termo hoje possa ter conotação pejorativa, optamos pelo seu uso por fidelidade ao termo empregado pela autora: *mulâtresse*.

grande desespero de meus pais, a docilidade de antigamente. Só pensava em brincar com meus primos e tagarelar. A professora avisou meu pai. Na maioria das vezes, era mamãe que castigava as crianças, mas dessa vez foi ele quem tomou a iniciativa de me dar uma surra estrondosa. Evitei, dali em diante, correr pelo pátio na hora do recreio, puxando caranguejos amarrados a latas de sardinha vazias. Esperava com impaciência pelos dias de férias para recuperar o tempo perdido. Um monte de crianças corria nua pela areia cinzenta. Eu as invejava porque todas nadavam como peixes. Nunca consegui aprender a nadar no Lorrain, já que o mar revolto não me permitia realizar esse desejo. Em Saint-Pierre, essa falha me envergonhava. O mais ousado dos meus companheiros partia ao ataque da boia lançada ao mar, não muito longe do cais. Eu e minha irmã Léonie, apesar da proibição de nossos pais, caminhávamos de mãos dadas até que a água chegasse ao nosso pescoço.

Os meninos mais velhos vinham nos buscar de canoa, nos levavam para dar uma volta, usando boias, ao mesmo tempo que desdenhavam de nossa ignorância em matéria de natação. Um dia, o primo Julot, chegando ao mar, resolveu nos ensinar a nadar. As outras crianças, amontoadas no barco, aprovavam com gritos de alegria. Diziam que para aprender era preciso quase se afogar. Dito e feito, eles viraram o barco, mesmo com nossos gritos de terror. Eu sentia como se estivesse afundando, apesar dos meus esforços desesperados. Julot gritava: "Elas vão se afogar! Mantenham o nariz delas fora d'água!".

Eles nos apanharam e nos levaram de volta à praia, meio mortas de medo. Calmamente, o garoto que havia me salvado afirmou: "Se você continuasse a se mexer como uma minhoca, eu ia te dar um soco para te acalmar porque não queria me afundar com você".

Correndo, fomos contar nossa história à minha mãe, que de longe viu o barco virar. Ela estava acostumada com esse tipo de espetáculo, mas quando soube que éramos as passageiras infelizes, correu até praia e ofereceu uma justa distribuição de bofetadas.

Desde então, aprendi a nadar, mas até hoje não gosto de barcos.

Na noite do Dia de Todos os Santos, as ruínas de Saint-Pierre se iluminavam. Cada pedra transformada em castiçal sustentava velas de chamas trepidantes. Colocadas pelos vivos, honravam a memória dos mortos. O espetáculo era de uma ternura peculiar. Aqui e ali, grupos vestidos com roupas de domingo ouviam os mais velhos, às vezes sobreviventes da catástrofe, que explicavam pela centésima vez o que tinham visto ou ouvido: "Lá era o colégio, e ali, uma antiga igreja e, por aqui, os matadores carregados de colares de ouro dançavam durante o Carnaval".

A caminhada noturna tomava ares de peregrinação.

"Ali ficava o Sainte-Philomène, bairro residencial. Agora tudo dorme sob as águas! E para lá, belas carruagens, os tílburis dos *békés*, paravam sempre. Agora é um pedaço de 'grama fedorenta'."

Eu via sombras daquele tempo deslizarem entre os que falavam. Podia escutar os trotes dos cavalos sobre os paralelepípedos. Perturbada, questionava meu pai, que me contava como ele foi salvo da morte:

"Eu ficava sempre agarrado à minha irmã, que era confeiteira, quando ela descia a Saint-Pierre para vender seus bolos, porque ela me empanturrava durante o caminho. O vulcão já tinha expelido cinza e à noite dava para ver claramente caminhos de lava fosforescentes. Tinha uma mulher que gritava pelas ruas de Saint-Pierre: 'Misericórdia! Misericórdia! O fim do mundo está próximo'. Ninguém prestava atenção nela. Contentavam-se em dizer: 'Olha a doida'.

"No dia anterior ao desastre, uma chuva de cinzas escureceu o céu durante quase uma hora. Os recalcitrantes decidiram fazer as malas e começaram a fugir. Minha mãe tinha levado a maior parte da família, sete dos catorze filhos, pelos caminhos de Champflor e Parnasse. Os mais velhos tinham ficado com o pai, que não queria abandonar a propriedade dele. Assim que foi libertado da escravidão, ele comprou um pedaço de terra, que ampliava todo ano. Lá, plantou todas as variedades de frutas que se podia imaginar. Ele tinha belas fileiras de inhame, repolho caribenho e batata-doce. Achava difícil se desligar de tudo que dava orgulho à sua vida camponesa. Prometeu se juntar rápido à esposa e aos sete filhos. Ele possuía um tesouro como todos os homens daquela época: napoleões de ouro e garrafas de prata. Guardava a fortuna numa jarra e queria esconder tudo antes de fugir porque, pensava, aquilo não passava de um alarme falso. No entanto, mamãe Titine reiterava que as ideias dele eram imprudentes e que precisavam se apressar. O pai tinha medo de ladrões. Só ele e os filhos podiam saber onde ele guardava as economias. Pai Sainte-Luce, o vizinho, podia surpreendê-lo com o dinheiro, quem sabe? E o pai Maurice, que ficava à espreita? Talvez ele também estivesse procurando um lugar seguro para esconder alguma coisa! E se ele ficasse por perto para vigiar?

"Por fim, o bairro todo ficou deserto. A esposa e os filhos fugiram para Fort-de-France. Ele seguiu o caminho para Fond Gouyé com os filhos mais velhos. Quando Joseph, um deles, viu que tudo estava ficando cada vez mais escuro e que sentia cada vez mais calor, deixou de seguir eles. Ele só se salvou por causa de uma fuga desesperada pelos atalhos da floresta que conhecia. E se juntou a minha mãe ao anoitecer."

Meu pai continuava sua história, sentado num pedaço de parede em ruínas do antigo convento, onde, como uma intrusa, ficava nossa casa. As chamas das velas tremulavam com a brisa do mar. As memórias que ele desfiava para nós tomavam forma naquela noite de Todos os Santos. Ele continuava a falar e nós, a escutar.

"Fazia um barulho estrondoso, a terra tremia, mas papai continuava a cavar a terra debaixo das plantas selvagens. Os outros quiseram ficar com ele, mas eu fui embora, acho que na hora! Depois, tudo cheirava a enxofre. Eu tinha quatro anos e, agarrado a minha mãe, que rezava o rosário com outros fugitivos, tentava entender o que estava acontecendo. Atrás da gente, rumo ao norte, o céu se avermelhava, a gente ouvia estrondos piores que os dos canhões do Forte Saint-Louis no Catorze de Julho! As mulheres choravam. Ao chegar a Fort-de-France, os passageiros que tinham conseguido escapar em embarcações diferentes contaram como, do mar aberto, viram desaparecer a parte mais alta da ilha, o mar ferver e cardumes de peixes encalharem nas praias não muito longe de Saint-Pierre."

Enquanto falava, meu pai substituía as velas apagadas por outras novas. O crepúsculo havia cedido lugar à noite. Nas ruínas, as damas-da-noite haviam aberto suas flores roxas ou brancas, envolvendo o ar com seu perfume persistente.

"Nunca mais vimos o pai! Nem o tesouro dele! No leito de morte, mamãe Titine fez a gente jurar nunca vender a terra que ela deixou aos sobreviventes da catástrofe. Pedacinho por pedacinho, durante toda a vida, ela vasculhou as plantas selvagens sem sucesso. Talvez um dia, vocês, os netos, descubram o tesouro e os ossos dos tios de vocês. Quanto a mim, iluminei as ruínas e tudo o que elas escondem por tantos anos que esta noite me sinto quite com a minha consciência."

Eu começava a entender bem as coisas e a história do meu pai me perturbou. Não me viram mais circulando por entre as pedras antigas. Eu agora temia incomodar os mortos. Os lagartos e os caranguejos tinham em mim uma aliada. Estava convencida de que esses animais eram companheiros de todos aqueles mortos, e a minha mãe, que sempre teve medo de nos ver enterrados debaixo de um pedaço de muro antigo, pôde dormir em paz.

Nunca soubemos brincar com coisas inertes. Precisávamos do cavalo do meu pai, dos gatos dos vizinhos ou dos porcos do meu tio. Minha mãe fazia bonecas de pano para nós, mas nem ligávamos para elas. Desde que parei de caçar lagartos nas ruínas, arranjamos uma nova paixão: esperar na praia a chegada dos pescadores. Meus primos conheciam a direção de cada barco. "Vai para o Prêcheur!" ou "Eles estão descendo para o Carbet!". Outras crianças gritavam: "Estão cheios de peixe!". Na escola deles, eu aprendia pouco a pouco a discernir um barco vazio, que deslizava levemente sobre as águas, de uma canoa com a proa tão profundamente afundada nas ondas que dava medo que desaparecesse. As crianças pulavam de alegria: "Vamos puxar as redes de pesca", diziam. As mulheres abastecidas de cuias conversavam sobre a qualidade dos peixes e, depressa, todos aqueles que esperavam na orla avançavam para a água ao encontro dos barcos, puxando-os ritmadamente. Os pescadores, de troncos nus brilhando ao sol, agitavam seus chapéus e suas ordens se misturavam aos dizeres:

"Que vento em Miquelon!"

"Criançada, puxem a rede de pesca!"

Eu corria junto com as outras crianças ao ataque das redes de pesca. As mulheres suspendiam seus vestidos largos e prendiam em volta das cinturas um madras dobrado em triângulo.

Essa cerimônia do madras em torno dos quadris se repetia cem vezes por dia. Todas as mulheres dignas desse nome usavam dois: um na cabeça, elegantemente colocado no domingo, ou mais comumente amarrado à moda dos corsários; o outro era para os quadris. Minha mãe, que usava chapéu de senhoras, era sempre criticada por minhas tias. "Como", diziam, "você pode viver assim, com os quadris livres, você que vive grávida? Você vai dar à luz na rua, você vai ver! Quando ficar velha, vai ficar partida em duas, você maltrata demais seus quadris!"

Se a lição de moral não surtia efeito nenhum em minha mãe, não era assim para mim. Roubava um madras, enrolava-o em torno do meu corpo nu e ia puxar as redes com meus amigos.

Puxar! Eu queria sobretudo ver pularem os garapaus prateados, as barracudas de nariz comprido, os agulhões azuis e, de vez em quando, os congros pretos salpicados de amarelo.

Quando todos os peixes estavam na areia, as guelras palpitantes, os pescadores começavam a venda. As revendedoras eram as primeiras a serem atendidas e eram exigentes:

"Eu quero sarda para os *békés* de Trois-Ponts!"

"Eu quero uns não muito caros para meus fregueses!"

Anne estendia sua cuia e sua vozinha se misturava às outras:

"Minha parte! Minha parte! Eu puxei a rede!"

E *paf*! Dois grandes punhados de peixes enchiam o recipiente dela. Voltávamos felizes para casa, onde minha mãe já estava cozinhando o *blaff*. Cheirava a cebola e a pimenta-da-jamaica. Meu pai garantia que onde o *blaff* ferve, médico não entra. E era verdade! O vento marítimo afugentava as febres de Rivière-Salée e as gripes do Carabin.

Que pena! A licença do meu pai chegava ao fim e meus pais viam correr os dias com angústia. "Vão se banhar bastante", diziam, "daqui a pouco, vocês vão estar no mato!"

Um dia, quando estávamos brincando na praia, Anne veio nos buscar, correndo:

"Venham depressa, o guarda está batendo o tambor. Ele falou que vai ter um ciclone."

Pessoalmente, essa possibilidade me empolgava muito, e cheguei em casa radiante.

Minha mãe acabou com minha empolgação pegando um travesseiro e ajustando-o sobre minha cabeça. Ela repetiu a operação em cada um de nós. "Dessa forma", disse, "se alguma coisa cair na cabeça de vocês, vão estar protegidos!" Meu pai colocava pregos nas janelas, e por toda a vizinhança se ouvia o som de martelos ou de pedras ecoando pelas aberturas das casas.

Com a visão meio ofuscada pelo travesseiro, eu estava desolada com a ideia de não ver o ciclone. Aproveitando o pânico geral, deslizei em direção à única porta que ainda não estava obstruída. A toda a velocidade, corri em direção à praia. Os pescadores puxavam apressadamente seus barcos para longe da costa e arrancavam as redes de pesca apoiadas em estacas de bambus.

De vez em quando uma brisa mais forte criava um redemoinho em volta da minha cabeça com folhas vindas não sei de onde. O mar havia ganhado cor de chumbo derretido. Um pescador gritou: "Olhem para o sul!". Os homens observavam alguma coisa que eu não conseguia ver quando ouvi: "Aiaiaiaiai! Olha a filha do guarda-florestal, vamos correr!". Ele me alcançou, me pegou nos braços e saiu correndo. Na entrada da nossa casa, haviam acabado de encontrar meu travesseiro e meu pai chegava alarmado. Apesar do medo que ele sentia, ou talvez por causa dele, me deu um par de tapas magistrais. O vento já começava a uivar. Uma corda mantinha a porta entreaberta e toda a família se agarrava a ela desesperadamente. Meu pai se esgueirou por essa última abertura e me largou no piso. Depois puxou depressa a corda, que enrolou em uma coluna que sustentava a casa. De repente, ela começou a se balançar. Trovões e relâmpagos entraram na dança e o furacão parecia aproveitar cada fenda, cada brecha para se infiltrar na casa.

Meu pai nos colocou deitados no chão, cobrindo-nos com um colchão. Minha mãe acendeu um círio da Candelária que guardava com devoção e disse com a voz trêmula: "Santo Deus, Deus forte, Deus poderoso, não fique sempre irritado com seu povo!".

Meu pai gritava: "Apaga essa vela! Se o vento a levar, vai pegar fogo por todo lado!".

Eu começava a entender que não se "via" um ciclone, mas que ele te atravessava com todo o seu cortejo de medo, lágrimas e destruição. Quanto tempo durou? Para minha mãe, foram os momentos mais longos que ela viveu. Ela olhava para o teto que deixava entrar a chuva e principalmente o vento, pois uma chapa de metal do telhado havia sido arrancada como um fio de palha.

Bateram na porta. Vizinhos que moravam perto da costa correram entre duas rajadas de vento, fugindo de suas casas invadidas pelas ondas. Outras crianças vieram se juntar a nós debaixo do colchão. Não havia mais travesseiros e minha mãe fazia trouxas com toda a roupa de cama da casa e as colocava sobre a cabeça daqueles que não tinham nenhuma proteção.

Aquele mar que eu conhecia calmo, morno e suave uivava ao aperto do vento. Ele se retorcia em ondas monstruosas, deslocava o cais, levava embora os barcos. Ao som do vento se misturavam gritos de socorro e lamentações. Curvados sob a ventania, homens tentavam alcançar as vítimas.

Logo depois, pudemos discernir o som da chuva sobre as chapas de metal. Uma mulher que examinava o céu pelo buraco do telhado disse que, no momento em que se pode ouvir a chuva, apesar do vento, é que o ciclone se afastou. Cuidadosamente, minha mãe entreabriu a porta enquanto duas comadres fortes seguravam a corda. Uma visão de fim do mundo surgiu diante de nós. Meu pai, que havia saído com outros homens, nos descreveu em seguida a amplitude da catástrofe. O tsunami havia levado todas as casas da costa; as calhas haviam se transformado em correntes d'água e a gigantesca árvore de fruta-pão que sombreava a nossa casa jazia no pátio transformado em lamaceiro. Samambaias e bananeiras-do-mato vindas das profundezas da floresta atravancavam as ruas.

À tarde a chuva parou de cair e minha mãe nos liberou de usar os travesseiros. Corremos para a praia. Milhares de conchas recobriam a areia; as conchas de lambi erguiam seus chifres de madrepérola entre as pedras e parecia que todas as curiosidades que o mar conseguia esconder estavam ali, depositadas na praia, para a nossa alegria de crianças.

Acima da cidade, víamos os morros vizinhos e os canaviais devastados. Voluntários limpavam as estradas obstruídas por deslizamentos de terra porque partes de colinas haviam cedido sob a força do vento e da chuva.

De manhã cedo, entre troncos de bananeiras e pilhas de folhas, cada um tentava reconhecer as chapas de metal dos telhados arrancados.

Sobre as ruínas, a natureza acalmada recuperava seu lugar de direito. Um pôr do sol maravilhoso parecia dizer aos homens que era preciso recomeçar a ter esperanças e que, amanhã, faria um lindo dia.

Com a maior seriedade, aprendíamos na escola que existiam quatro estações no ano: primavera, verão, outono e inverno. Nós, pequenos martinicanos, não acreditávamos de jeito nenhum! Apenas quatro estações? Para nós o ano começava com a época das laranjas, continuava com a das ervilhas, jambos, abacates, frutas-do-conde, frutas-pão. As férias se anunciavam com a temporada dos *mamoncillos*, das mangas e dos filhotes de peixes. O início do ano letivo era suavizado pela época dos peixes-voadores, e o Natal, sem demora, entrava na roda com a época das ervilhas e do inhame.

Meus primos haviam me falado muito sobre a temporada dos filhotes de peixes. Para os nativos, quando, depois das tempestades de agosto e setembro, milhões de pequenos peixes recém-nascidos deixam o mar para se refugiarem na foz dos numerosos rios da ilha, está aberta a temporada dos filhotes de peixes.

Certa manhã, uma comoção incomum nos alertou de que alguma coisa de anormal estava acontecendo. Caía uma chuva fina e as mulheres saíam de casa equipadas com todos os recipientes possíveis e imagináveis: cuias, latas, baldes e panelas. Anne havia ido atrás de informações. Voltou, com o rosto molhado de chuva, para nos dizer com alegria: "Os filhotes de peixe chegaram!". Enquanto meus primos surrupiavam um lençol da tia Clotilde para irem pescar, me explicavam que os filhotes de peixes passavam pelas redes de pesca e pelas armadilhas, e que a melhor maneira de os apanhar rapidamente em grande número era estendendo um lençol. Eles avançavam a passos tão largos em direção ao rio Carbet que eu tinha de correr para acompanhá-los. Peguei a maior cuia da cozinha e pretendia enchê-la de peixes.

Depois de chegar ao Carbet, nosso grupo entrou na água, se dividiu em dois e, com cada um segurando dois punhados do lençol, fomos rio acima. Havia mais peixes do que eu podia imaginar. Eles grudavam em nossos braços e pernas, salpicavam nossos rostos, tornavam a areia viscosa e as pedras escorregadias. Logo depois, todos os tipos de recipientes ficaram cheios até a borda.

Mal podia esperar para voltar para casa, onde minha mãe provavelmente preparava uma massa picante para fazer bolinhos fritos de filhotes de peixes. Encontramos pescadores que, rindo, garantiram que, se a temporada dos filhotes de peixes durasse, iriam à falência.

Aquela foi a única vez que pesquei filhotes de peixes, pois em breve tudo mudaria para nós.

IV

Meu pai esfregava as mãos de satisfação. Ele pensava cada vez mais seriamente em deixar a ilha. Na véspera de Natal, trouxeram um porco enorme para celebrar. Meu pai dizia que aquele seria o último Natal em família e que no ano seguinte estaria longe.

À sombra de um pedaço de muro emergido das ruínas, montaram mesas improvisadas para a preparação de pratos de charcutaria. Uma pilha de pimentões vermelhos esperava para ser misturada ao tradicional recheio de chouriço. Uma alegre comoção reinava no bairro que se preparava para celebrar dignamente a Natividade.

A euforia daquele dia desapareceu com os gritos de socorro da minha mãe. Meu pai havia acabado de perder a consciência. Os vizinhos acudiram e alguém foi procurar o único médico da cidade. Ele não estava e as mulheres, enquanto preparavam as infusões, diziam que o guarda-florestal havia sofrido um ataque.

Acordada, eu andava de um cômodo para outro. Quando o curandeiro, armado com um frasco preto, esvaziou o quarto do meu pai, eu me escondi num canto, perto da mala de madeira que devia servir para a grande viagem que planejávamos.

O homem sacudiu o frasco, inseriu um palito dentro e o retirou com criaturinhas pretas presas em volta. Ele acomodou meu pai de lado e grudou aquelas lagartas horríveis atrás da orelha dele. Gritei com todas as minhas forças: "Não! Tira isso!". Os adultos notaram minha presença e me puseram para fora. "Não é nada", disse tia Clotilde, "são sanguessugas contra a congestão!"

Não pude dormir; diante de mim se agitavam piscinas repletas de cobras e eu gritava de terror. De manhãzinha, minha mãe, cansada da noite de vigília, se juntou a mim, me acalmou e adormeceu ao meu lado.

No dia seguinte, vi que todos os preparativos para o Natal haviam sido suspensos. Conversavam baixinho e o médico, que havia finalmente chegado, não escondia a gravidade do estado do meu pai. Tia Acé, vinda do Morne-Rouge, reiniciou a série de infusões.

Sem vigilância, não tínhamos vontade de aproveitar nossa liberdade. Sentíamos falta do meu pai porque ele era um contador de histórias extraordinário, pois sabia dar vida ao fato mais banal. Sempre iam vê-lo e minha mãe dizia, brincando, que seu marido era um escritor público. "Vou me casar", dizia um, "peça uma certidão de nascimento para mim"; "Escreva ao governador para que eu possa conseguir uma indenização, o ciclone arrancou meu telhado"; "Escreva a meu filho que está 'no outro país'"... As críticas de minha mãe não o desanimavam. Ele dizia: "Aqueles da nossa raça que têm luz devem disseminá-la! O que Deus lhes deu, não devem guardar!".

Sua doença causou consternação em nosso bairro e os vizinhos se revezavam ao lado da cama. Oito dias após o primeiro ataque, no dia de Ano-Novo, ele chamou sua irmã Acé e pediu a ela que o levasse para o Morne-Rouge: "Minha mãe morreu lá; cresci lá, me casei lá; vai ser bom descansar lá".

Acé respondeu que ele jamais suportaria sete quilômetros a cavalo.

"Sim", disse ele, "se apresse, seja rápida."

Ao entardecer, colocaram meu pai no cavalo dele, o fiel Salonique. Dois quilômetros depois, ele estava passando mal e foi em cima de uma maca que chegou ao Morne-Rouge.

Minha mãe, aos prantos, acompanhava o grupo conosco. Os vizinhos vinham nos encontrar carregando tochas porque a noite já havia caído, uma noite escura perturbada pelo farfalhar lúgubre dos bambus gigantes se balançando ao vento.

Quando meu pai foi acomodado na grande cama-trenó de sua mãe, disse: "Finalmente!". E entrou em coma.

Minha mãe não saiu mais do lado dele e, no terceiro dia, pensou que o marido estivesse fora de perigo porque ele retomou a consciência e perguntou pelo irmão. Depois, chamou os filhos para perto de si e recomendou a minha mãe que nos alimentasse sempre bem. Ele repetia, como um mantra: "Eles não podem passar fome!". Soluçando, minha mãe respondia: "Não, não, eles nunca vão passar fome!".

Tranquilizado, ele fechou os olhos para sempre.

Um dos meus tios foi anunciar a notícia no vilarejo. Na hora do Ângelus, mamãe se pôs de joelhos conosco: "Olha o sino tocando".

Vieram pessoas de todas as aldeias vizinhas. Colocavam bancos à sombra de um caramanchão de chuchus. As mulheres faziam café, compravam rum. Entre três pedras crepitava um fogo a lenha. Uma panela grande, cheia de raízes e bacalhau, fervia. Preparavam o velório porque o calor tórrido não permitia que ficássemos com um corpo por mais de vinte e quatro horas.

Meu pai jazia no mármore da cômoda de tia Acé; ele estava com a camisa branca de festa engomada e a calça preta que usou no dia do casamento. A seus pés duas velas queimavam. O copo de água benta que embebia um pequeno ramo parecia repleto das lágrimas que minha mãe derramava. Esse primeiro contato com a morte não me assustava; tocava as mãos ou os cabelos daquele que eu amava tanto, enquanto o censurava por não se mover; sua rigidez apertava meu coração.

Rapidamente o pátio se encheu de gente. A noite e o ponche ajudavam, as pessoas falavam mais alto. As mulheres cantavam cantigas religiosas ou rezavam o terço. Como era de costume, um orador contava histórias e cada vez começava assim: "E cric! E crac!". Depois dessas exclamações habituais, ele narrava a história de Jean-le-Malin ou Jean-le-Couyon! A aventura do grande Kaïali ou do compadre Mangouste, e a história era pontuada por cantos profanos que o público repetia. Exausta por causa de todos esses eventos que me esgotavam, adormeci à luz das estrelas.

Na manhã seguinte, o carpinteiro do vilarejo veio fazer o caixão. Construiu ali mesmo uma bancada, trouxe tábuas de mogno que cheiravam bem, mediu o falecido e começou a nivelar a madeira. Ajudado por dois homens, passou a pregar a caixa estranha, envernizou-a, e eu não perdia um instante desse trabalho, pressentindo que alguma coisa de definitiva se projetava para mim.

Ao nosso redor, faziam coroas de jasmins e de violetas. As flores chegavam em cestos e eu nunca tinha visto tantas assim. Tia Acé, por fim, entregou à sacristã os lençóis mais bonitos que tinha para preparar o mausoléu.

O momento temido chegou. Os homens colocaram meu pai na caixa estranha fechada com pregos. Aquele barulho, nunca mais o esquecerei. O que eu tinha de mais querido no mundo estava lá, trancado! Comecei a gritar: "Não! Não! Não!". Minha mãe desmaiou.

Cavaleiros chegaram em pequenos grupos. Uma delegação de guardas-florestais vestidos com capacetes e roupa branca falava baixinho. Do Carabin, madeireiros vieram a pé pela floresta. Pouco depois, os sinos começaram a tocar na igreja do vilarejo e o pároco chegou com sua casula de luto. Um acólito segurava um crucifixo de cobre. O padre abriu caminho entre a multidão e abençoou o caixão. Seis homens o pegaram pelas alças e o carregaram nos ombros. A caixa foi-se embora, vencendo o público.

Em casa, tudo eram lágrimas e choro. Minha mãe se cobriu com um vestido preto que não a largaria por muito tempo. Ela esperava o sexto filho. Existe coisa mais triste do que uma mulher grávida de luto?

Tudo foi reorganizado, os bancos foram removidos. Minha mãe então saiu do torpor em que estava e foi reacender o fogo entre as pedras cinzentas.
"Coloquem os legumes na panela", disse, "prometi ao meu marido que os filhos dele comeriam."

Meu pai deixava como herança uma porção de filhos, uma mulher medrosa, um pedaço de terra, uma casa inacabada. Havia também a vaca, Blanchette, algumas galinhas, o cavalo Salonique e o porco que não tínhamos comido no Natal.
Minha mãe se mudou para a casa no vilarejo do Morne-Rouge, deu Blanchette para tia Acé, que cuidaria dela, e vendeu Salonique.
O animal fiel revirava os olhos e minha mãe, beijando-o, se desculpava: "O que que você quer, Salonique, não é minha culpa, não posso mais cuidar de você!". Um homem de chapéu grande o montou e partiu sob uma nuvem de poeira. Em seguida, minha mãe fez um abrigo para o porco e soltou as galinhas em volta de casa.
Meu irmão usava uma braçadeira preta e Léonie e eu fomos consideradas grandes o suficiente para usar aventais de luto, e os dois pequenos mantiveram os vestidos brancos. Minha mãe tirou meus brincos de ouro, em sinal de luto, e passou a me chamar dali em diante de "menina-moça". Meu irmão mais velho se tornou subitamente sério; aos dez anos, era o homem da casa. Anne recusou-se a nos deixar e ficou de luto também.

Minha mãe, cujo espesso véu de viúva a deixava ainda mais triste, nos pegou pela mão e nos conduziu à escola do vilarejo. Minha professora, para que eu me sentisse segura, me abraçou. Tinha um belo rosto de ébano e olhos muito doces. Falava francês como os europeus e ouviam-se soar todos os seus erres.

De uma vez por todas, minha mãe nos disse o que esperava de nós: ir à escola, obter o diploma do primário, fazer o catecismo e a comunhão. A partir dali, Anne a ajudaria a lavar, costurar, cozinhar e cuidar do jardim. Meu irmão trataria do porco e eu lavaria a louça.

Ao escutar a lista de tarefas, pensei que fosse morrer! Meu pai nunca me deixou lavar a louça. Quando minha mãe queria me ensinar a varrer a casa, ele mesmo fazia o serviço para me poupar. Eu nunca, nunca mesmo, saberia lavar pratos ou esfregar panelas. Imediatamente, minha mãe me pôs para trabalhar. Havia uma dezena de pratos de barro na mesa de bambu da cozinha. Resolvi a questão quebrando todos eles. Assim, não tinha mais pratos! Atraída pelo barulho, minha mãe chegou e viu os pratos em pedaços. Ela chorou. O que suas palavras não conseguiram, aquelas lágrimas — as lágrimas de minha mãe — me tornaram então consciente das tarefas mais humildes.

Corajosamente, nossa mãe começou a costurar para fora. Numa placa ela escreveu: COSTURA-SE. HOMENS, MULHERES E CRIANÇAS.

O primeiro cliente apareceu. Era seu Louis com sua enxada no ombro. Disse à minha mãe: "Tenho dois sacos vazios de farinha. Pode fazer uma camisa e uma calça três-quartos. Não tenho necessidade de usar a calça até os pés, porque eu dobro ela pra trabalhar. Não tenho dinheiro, mas posso arar a terra em volta da sua casa pra sua horta".

Minha mãe aceitou depressa a proposta. Ela fez as roupas e seu Louis, com grandes golpes de foice, capinava o entorno enquanto recolhíamos braçadas de cipós que tinham invadido a terra.

Nossa mãe plantava tudo que crescesse rápido e pudesse ser comido. Eu retirava alguns brotos de legumes do chão para plantar miosótis e violetas no lugar. Tudo que nasceu foram mudas de cravos, rosas ou begônias. Mamãe ficou brava. "Ninguém come flor!" Meu irmão não se deu por vencido, pegou uma enxada emprestada e limpou um pedaço de terra. Quando vi minhas primeiras rosas, comecei então a acreditar que o mar não era insubstituível.

Nossa casa era bem precária. Tábuas cediam por todo lado. Um cômodo se tornou inabitável porque um buraco deixava entrar chuva e um cogumelo cinzento crescia ali sem constrangimentos. Mamãe tinha duas máquinas de costura; ela vendeu uma e com o dinheiro da venda comprou algumas tábuas, pregos, um martelo, e começou a bater. Nosso vizinho escutou: "Então, mulher, você vai se matar, com a barriga que você tem, empoleirada num caixote! Você não sabe me chamar, não?".

Ele era padeiro e sempre usava seu chapéu, uma chéchia,* de antigo soldado zuavo. Para a ocasião, ele se meteu a carpinteiro. Durante um dia inteiro, trabalhou para fortificar a casa.

Antes eu tinha um pouco de medo do padeiro. A partir daquele momento, meu receio desapareceu. Quando ele voltava para a casa dele de manhã com um pão debaixo do braço, eu era a primeira a lhe dar bom-dia; era minha maneira de expressar gratidão.

---

* Chapéu tradicional masculino, em geral de cor vermelha, usado por populações islâmicas.

V

Certa manhã, ouvi alguém chamar minha mãe pelo primeiro nome: "Délie! Délie!". Corri para a porta. Era o pároco. Não se dizia "pároco", mas "padre".

No Morne-Rouge, o padre era uma personagem singular! Ele era um alsaciano de olhos azuis, curvado pela idade e pelo sol tropical. Havia chegado à Martinica bem antes de 1900. Os mais velhos diziam tê-lo conhecido desde sempre. Ele conhecia cada família, do pai ao filho. Havia batizado, comungado e casado minha mãe. Ele lhe disse da felicidade em vê-la regressar à terra e lhe recomendou que nos enviasse ao catecismo.

Enquanto isso, nos convidou para irmos com ele apanhar tangerinas no presbitério. O convento das irmãs de Nossa Senhora do Livramento ficava no nosso caminho e o padre fez um desvio para nos apresentar à irmã Berthe. Ela parecia com a santa Teresinha de Lisieux, nos deu santinhos e pediu que voltássemos na quinta-feira.

De nossa casa víamos o convento; nem cem metros nos separavam da porta de entrada. Eu amava demais os espaços abertos, pois podia apreciar os muros altos que aprisionavam as irmãs do resto do mundo. Elas educavam as filhas dos *békés*. Toda manhã, as alunas internas, de boina sobre a orelha, iam à missa. Vê-las passar era minha distração favorita. Elas não eram como as outras, aquelas meninas. Não corriam, falavam baixo, andavam cabisbaixas. Quando elas passavam, nos diziam: "Essa é a Fulana, ela é dona de todas as usinas das bandas de Saint-Pierre"; "Essa é a Sicrana, é filha dos primos alemães, é por isso que tem essa cara de besta"; "E aquela lá, tão bonita com suas tranças loiras, vai se casar com um velho que tem usinas pros lados de lá, um viúvo, coitadinha!".

Como o povo se informava do que faziam os *békés*, que tinham costumes tão secretos? Minha mãe nos proibia de repetir essas fofocas, mas eu não deixava de interrogar as crianças da minha idade.

Terríveis histórias eram repassadas sobre eles de geração em geração. Tia Acé era categórica, ela não gostava dos *békés* e preferia os brancos europeus. Eu perguntava por quê. Ela sempre se recusava a me dizer. Uma noite, mais loquaz que de costume, ela disparou:

"Então", disse, "mamãe Titine, minha mãe, a mãe do seu pai, pois bem! Mamãe Titine, sua avó, nasceu escrava! Não é porque ela nasceu escrava que não gosto deles. Naquele tempo era a moda, as madames de sombrinha tinham escravos. Mas é a maneira como ela nasceu que é uma abominação. A minha avó trabalhava na plantação de cana-de-açúcar e de noite cuidava da patroa, que tinha medo do escuro. Um cão de guarda, ora! Ela se deitava na entrada da porta. Quando ficou grávida, ela não pôde deixar o trabalho, nem pra ir ao banheiro. Uma noite, sem poder mais aguentar, ela se aliviou em frente à porta. A *béké*, louca de raiva, colocou ela nos ferros, presa no pescoço. Mamãe Titine nasceu naquela noite e a mãe dela morreu das consequências do parto. É por isso que eu não gosto dos *békés*. Eles são malditos, sim, eles são malditos!"

Aquela revelação brutal me perturbou. Como eu, eu, era neta de escravos? Primeiro, o que eram os escravos? Essa questão me atormentava e meus pais nunca haviam feito alusão a essa condição. Claro, quando as vendedoras de peixe, ou as mulheres que carregavam pão, retiravam da cabeça os pacotes pesados que levavam, diziam: "Estou cansada como uma escrava". Eu achava que era um dito qualquer, mas como a minha ancestral havia sido escrava, isso mudava tudo!

Na primeira oportunidade, perguntei novamente a tia Acé. Foi na saída da missa e minha tia estava com outras mulheres do vilarejo. Ela estava usando seu vestido de cetim bordado e, às vezes, ajeitava a cauda com um gesto gracioso ou ajustava o punho de lado. Na cabeça, usava o que as antilhanas chamam de *poêle à frire*. Era um madras tingido de amarelo, dobrado de maneira artesanal. Para fazer esse adorno para a cabeça, havia apenas algumas poucas iniciadas, pois as moças usavam, quase todas, chapéus à moda europeia. Tia Acé usava também colares antilhanos* e enormes argolas de ouro, as *créoles*. Nos cabelos, ela havia colocado grampos de ouro adornados de *napoléons*** verdadeiros. Eu gostava dela assim, minha tia, e sua anágua de bordado inglês engomada era o que mais me chamava a atenção. Ela me prometeu um pedaço de renda para vestir uma boneca quando a anágua estivesse desgastada. Era de sua mãe, e era resistente aquela anágua, imutável!

Eu trotava perto dela. Abruptamente, lhe perguntei: "O que são os escravos? Tinha muitos? As outras crianças disseram que amarravam eles como burros, é verdade?".

Tia Acé me olhou com um ar indefinível: "Não vamos falar disso agora. Como você quer saber, vem ver o pai Azou. É o senhor que cultiva minha terra e cuida dela porque só tem mulheres na minha família. Ninguém ia conseguir tomar conta daquela terra rodeada de falésias. O pai Azou mora perto do viveiro de plantas e era amigo do seu avô. Ele ainda procura pelos *napoléons*

---

* No original, os termos usados são *collier choux* e *forçat*, para descrever os colares de Acé. Trata-se de estilos de joias, normalmente de ouro, muito apreciadas nas Antilhas. O *collier choux* é formado por pequenas esferas maciças de ouro, enquanto o *forçat* é composto de uma sequência de pequenas formas ovais ocas unidas em colar. ** Antigas moedas de ouro de vinte francos em que figurava o busto de Napoleão Bonaparte.

e as garrafas enterradas por lá. Mal sabe ele! O Diabo já tomou conta. Vem no próximo domingo, você vai encontrar o pai Azou! Tem também o pai Sainte-Luce, ele também sabe, eles viram".

Conforme havia prometido, ela veio nos buscar no domingo seguinte. Foi uma alegria ir à casa de tia Acé. Sua casa brilhava. Da Guiana, ela havia trazido porcelana branca e, em uma prateleira esculpida, colocou gárgulas bem cuidadas. Num canto, uma estátua da Nossa Senhora do Livramento, padroeira da ilha, vigiava todos os acontecimentos de sua vida. Piamente ela acendia noite e dia uma lamparina de óleo ao pé da Virgem, e achava que assim iluminaria seus mortos e afugentaria os fantasmas.

Do lado de fora, o pátio estava tão limpo que as folhas do abacateiro que nele caíam pareciam uma decoração intencional na terra cinzenta. Os chuchus pendiam do caramanchão como cones de marfim. Uma calha de bambu recolhia água da chuva do telhado e a levava para um barril usado como reservatório. Tudo havia sido minuciosamente projetado.

Tia Acé vivia só. O marido morrera de uma febre ruim quando procurava ouro na Guiana. Ela dizia que ele havia lhe deixado duas pepitas de ouro: duas filhas lindas, que trabalhavam na cidade. Ela acrescentava com orgulho que as duas tinham até diploma do primário.

Tia Acé permanecia fiel à sua terra, vendia suas frutas, limpava seu jardim, cultivava sua cana-de-açúcar ou contava suas galinhas. Ela sempre cantava e conhecia canções tristes sobre partidas, arrependimentos e dores de cotovelo. E conhecia algumas tão alegres que, para dar ritmo a elas com a palma das mãos, largava o que estivesse segurando.

Minha expansividade me fazia apreciar a companhia dela. Minha mãe jamais fazia um gesto fora de lugar, tudo nela era ponderado e a tristeza prevalecia na maioria das vezes. Uma visita a tia Acé era perspectiva de alegrias.

Naquele dia, ela me disse: "Vamos em direção ao barranco perto daqueles jatobás. O pai Azou deve estar lá".

Era preciso, para isso, seguir um caminho estreito pelo morro, margeado por samambaias e inhames selvagens. Podia-se ouvir o som de um rio cantando abaixo. No meio do caminho, Acé gritou: "Pai Azou, pai Azou! Onde você está? As crianças estão aqui". Uma voz grave respondeu: "Por aqui, na castanheira do meio".

Pegamos um trajeto com grama da altura de um homem e tia Acé nos abria caminho com golpes de foice, nos explicando que as plantas eram afiadas como navalhas e certamente cortariam nossa pele como as melhores lâminas.

De tempos em tempos, pai Azou nos guiava pela voz: "Ei, crianças, por aqui!". A castanheira em questão estava encravada num terreno quadrado, cheio de cacaueiros, e caminhávamos sobre um tapete de folhas ovais. Não víamos mais o céu, e o sol estava escondido pelas sombras espessas dos galhos. Da castanheira vi apenas um enorme tronco esverdeado de umidade. O homem gritou: "Eu vou descer! Se afastem, crianças, vou soltar meu cipó!".

Um longo caule de bambu caiu da árvore, uma forma vestida de branco surgiu rapidamente em seguida. Pai Azou estava lá, imenso — media quase dois metros de altura —, seu rosto negro de ébano pingava suor, seus cabelos grisalhos despontavam sob o chapéu *bacoi*. A orelha furada e a brancura dos dentes chamavam a atenção. Eu olhava tanto para o lóbulo pendido sob o peso de uma argola de ouro que pai Azou percebeu: "Ah, você está olhando isso", disse tocando a orelha. "Eu uso brinco desde criança, não consigo ficar sem. Assusta os jovens e os ignorantes. E, no entanto…"

Eu nunca teria ousado questionar aquele gigante que subia o morro conosco nos seus calcanhares. Ele carregava um cesto grande de fruta-pão e de castanhas na cabeça e o fazia sem dificuldade aparente. Acé, de um só golpe de cutelo, cortava os caules altos das canas-de-açúcar plantadas ali ou dos abacaxis espinhosos bem escondidos na relva alta.

Estávamos ansiosos para sair do mato e descansar no alto da colina, perto da cabana de pai Azou. Essa cabana com teto de palha, ele a havia construído com as próprias mãos. Era feita de ripas de bambu tecidas com juncos indianos. Havia apenas uma porta e uma janela. Em um canto do único cômodo havia um estrado: três caixas vazias e duas tábuas formavam uma base que sustentava um colchão de palha. Do teto pendia um cacho de bananas. A terra batida da cabana estava minuciosamente limpa.

Pai Azou puxou um banco de madeira branca, guardado debaixo da cama, e nos acomodou. Ele cozinhava do lado de fora numa panela de barro que chamava de *coco-nègre*. O que se cozia dentro dela, na opinião da tia Acé, ficava melhor do que em panelas de alumínio.

De vez em quando, pai Azou se agachava diante do fogão a lenha, tirava o chapéu e o usava como leque para abanar as cinzas. Ele voltava para distribuir abajerus e bananas.

Eu não conseguia desviar o olhar de sua orelha furada e minha insistência o fazia rir. Ele dizia, tirando o brinco de ouro:

"Eu sou um negro da Guiné, é por isso..."

"Ah! E o que é um negro da Guiné?"

"Os *békés* trouxeram minha família de um 'outro país' chamado Guiné." E, endireitando-se, acrescentou maliciosamente ao olhar para tia Acé: "Os traficantes de escravos diziam que os negros da Guiné eram mais fortes e mais trabalhadores. Por isso nos escolhiam, a gente tinha menos dificuldades que os outros".

"Quem são os outros?", perguntou meu irmão.

"Os pais da Acé", disse, rindo alto. "Eles vinham de mais longe que a Guiné, com certeza. Eram menorzinhos e, meus filhos, nesse tempo, os negros eram como cavalos, tinham que ser fortes para mexer com a terra, puxar carroça, carregar cana. Se não fossem de raça boa como eu, viravam criado de casa. E as patroas das residências eram piores que os patrões.

"A sua tia Acé sabe de algumas coisas, ou melhor, contaram a ela. No entanto, desde que o mundo é mundo, em todo lugar tem os bons e os maus. Tinha os brancos bons, santos, e tinha os maus também, tinha que ter! Tinha os bons escravos, estes estão no paraíso, e tinha os maus que souberam colocar feitiço nos *békés*. Eles estão no inferno com todos os maus!"

Tia Acé ajeitou seu madras e gritou:

"Eles vão ser amaldiçoados até o fim dos tempos."

"Essas não são coisas pra dizer aos meninos, já que tinha o Schoelcher.* Tinha o padre Labat."**

Dizendo isso, pai Azou fez o sinal da cruz.

Confusa, tia Acé nos arrastou para longe. Querendo dar a última palavra, declarou: "O sr. Schoelcher não era um *béké* daqui! Victor Hugo e Louis Blanc*** e muitos dos amigos dele não eram traficantes de escravos. São os traficantes de escravos e os descendentes deles que são maus!".

Eu não havia aprendido muito mais do que antes; na minha cabeça, tudo tinha se misturado. Havia guardado uma coisa, que o "outro país" não era só a França, havia também a Guiné, cheia de gente forte como pai Azou e, mais longe ainda, países repletos de coqueiros com gente que se parecia comigo.

---

* Victor Schoelcher (1804-93), político francês que se destacou na propaganda antiescravagista. ** Jean-Baptiste Labat (1663-1738), missionário francês. *** Refere-se ao escritor Victor Hugo (1802-85) e ao político socialista Louis Blanc (1811-82).

Sentados sob o caramanchão de chuchus, comíamos um *féroce*.* Acé resmungava: "Azou fala assim, mas a mãe dele não nasceu numa camisa de força!".

Minha mãe, sob o véu preto, suava e voltava da missa vespertina. Perguntei quem ela era. Ela me olhou com espanto.

"Você é da Guiné?"

"Ah", disse esbaforida, "vejo que você falou com pai Azou e que Acé continua a te falar besteiras. Pois bem, no meu caso, minha avó era caraíba; os caraíbas eram os senhores da ilha, estão todos mortos; mataram eles. Mas, minha filha, tudo que se faz é vontade de Deus. Aqueles que mataram não vieram apenas com armas. Tem alguns que trouxeram a civilização, a prova disso é que você já sabe ler e escrever. Se tia Acé guarda rancor, ela está errada; não tinha só gente má antigamente. Tinha alguns que passaram a vida cuidando dos negros, dos *coolies*,** dos caraíbas... Além disso, minha avó sabia ler."

Tia Acé explodiu:

"Ah, sabia ler! Só letra de fôrma... e ela não sabia escrever!"

Minha mãe, que nos criou com temor a Deus e com respeito pelas coisas estabelecidas, reuniu os filhos e foi embora. Antes de sair da casa de Acé, ela lhe disse: "Você não pode olhar pra trás e ver apenas as pedras deixadas pelo caminho, tem que olhar para a frente; e tem tanta esperança para os nossos descendentes que não precisa envenenar com coisas que você nunca conheceu".

Diante da porta de casa, havia uma velha fonte de pedra. A tubulação estava furada e a água escapava pelo cano, inundando um canto do pátio. Minha mãe rapidamente aproveitou esse

---

* Prato típico martinicano, servido frio e apimentado, o *féroce* é composto de mandioca, bacalhau salgado, abacate e pimentão verde. ** Termo depreciativo para designar os imigrantes asiáticos que foram trabalhar como lavradores nas Américas e, por extensão, os que se dedicam a trabalhos pesados.

acidente comunitário e cavou um canal onde plantou agrião. A ideia era boa. Em pouco tempo, o canteiro de agrião tornou-se esplêndido. Todo o vilarejo tomou conhecimento. Pessoas resfriadas pediam alguns raminhos de agrião, que deixavam embebidos no leite. Era, afirmavam, fundamental contra a tosse. O agrião não crescia sozinho, havia também erva daninha que minha mãe arrancava, tomando cuidado, porém, de deixar uma plantinha de folhas redondas que ela chamava de *timoron*. Quem sofria de insolação vinha pegá-la, colocava as folhas no vinagre e as esfregava na parte da pele afetada pela queimadura solar. E eles se curavam.

O canteiro de agrião atraía certamente mais fregueses para minha mãe do que sua pequena placa que cuidávamos de remover sempre que possível.

Nas manhãs de domingo, ela enchia uma grande bandeja com agrião, colocava-a sobre uma caixa em frente à porta e esperava o fim da missa. As pessoas compravam folhas, legumes da horta e aproveitavam para deixar seus cortes de tecido. Em pouco tempo houve mais trabalho do que mãos. Minha mãe então chamou duas aprendizes, que aprendiam a costurar e, em contrapartida, ajudavam nas tarefas domésticas.

Às quintas-feiras, as moças nos levavam à gruta de Lourdes para esfregar a roupa num barranco. Essa "gruta de Lourdes" estava localizada num cenário que faria inveja à Virgem de Massabielle. Uma virgem de mármore branco polido pelo tempo pousada sobre uma rocha. De todos os cantos da ilha, as pessoas vinham rezar para ela. A fonte nascia a seus pés. Trepadeiras gigantes pendiam da falésia íngreme ou se enrolavam nos enormes bambus. Quando tudo estava silencioso, um assobiador da montanha lançava sua melodia para a glória dessa natureza sempre festiva.

A Virgem era zelosamente cuidada por dona Casimir, a sacristã. Ela era o terror das crianças, porque diziam que era um pouco bruxa. Pequena, enrugada, colocava sempre o madras mal amarrado na cabeça careca. Usava uma saia longa que havia se transformado de preta em cor de ferrugem e a puxava com um gesto nervoso, por estar sempre caindo.

Quando íamos a Lourdes, colhíamos ingás e jambos; essas frutas tinham um sabor peculiar quando nos sentávamos para degustá-las aos pés da Virgem; eram condimentadas com o tempero da ansiedade.

Um de nós ficava de sentinela para evitar o flagrante delito da desobediência. Mas dona Casimir sempre aparecia inesperadamente; sua sombra negra brotava dos bambus ou se desenhava entre as samambaias. Como uma ninhada de mangustos, nos espalhávamos pelo morro da frente. Os mais atrevidos gritavam: "Dona Casimir, você está noiva do diabo!".

Ela ficava furiosa, nos mostrava os punhos e colocava nossa roupa para lavar longe da fonte. Quando ela estava ocupada limpando o calvário, a muitos quilômetros dali, aproveitávamos para trançar coroas de trepadeiras azuis, que ajeitávamos na cabeça da Virgem. Toda a turma se empoleirava sobre ela, beijava-lhe os pés e lavava seu rosto com a água da fonte. Pulchérie, a aprendiz boazinha da minha mãe que nos levava, reiterava sem parar que a estátua cairia com nosso peso. Isso nunca aconteceu. Ela viu passar ciclones e gerações de martinicanos, de pé, branca, como uma árbitra do tempo fugidio.

Nossa vida se reorganizava. Nos habituamos à ideia de não ter mais pai. As violetas que eu tinha plantado no túmulo dele já haviam florido. O cemitério me assustava menos. Quase não havia sepulturas cobertas de cimento ou pedra, mas de terra generosa. Cada um competia para plantar as flores mais bonitas. Quando íamos lá, um canteiro perfumado nos convidava a dar um passeio. Nas sepulturas abandonadas dos homens, o mal-mequer-do-brejo espalhava profusamente suas flores amarelas e transbordava em seguida pelas galerias. Nós, as crianças, sabíamos que ninguém vinha ver alguns mortos e, das sepulturas privilegiadas, colhíamos enormes buquês para oferecer a eles. Era preciso puxar os caules das flores e dizer: "O senhor, ou senhora, pode me dar esta flor, por favor?". Quando o caule resistia, pensávamos que o morto que dormia ali não queria dar sua flor e caminhávamos para mais longe.

VI

Minha mãe preparava a chegada do bebê. Ela dizia que logo, logo seu filho nasceria, pois seria um menino e se chamaria Clotaire, como nosso pai. Conversávamos corriqueiramente sobre esse garotinho. Estávamos habituados a ver um novo bebê chegar de vez em quando e este seria o sexto. Pois bem! Seria preciso nos espremer e abrir espaço para ele. O número quatro já ia à escola da professora Désilia.

A pequena Yvette ia a escola, sim, mas nunca com as próprias pernas. Ela era carregada por meu irmão ou por mim. Atravessávamos um caminho afastado da estrada principal, margeado por pés de framboesa, e Yvette nos garantia que as plantas, que atingiam a altura de seu rosto, a arranhavam.

Firme em sua convicção, ela pedia para ser transportada até mesmo nos lugares onde nada crescia! Quando chegava ao destino, ela soltava uns gritos altos. Para apaziguá-la, tínhamos um sistema. Eu colocava a chupeta no bolso do meu avental e enfiava-a em sua boca assim que avistávamos a escola.

Depois de empurrar nossa irmã para a sala de aula, fugíamos. Uma tarde, na corrida, perdi meu pedaço de giz. Refiz meus passos e ouvi minha irmã berrar. Movida pela compaixão, eu quis consolá-la. A professora Désilia me disse em tom severo que não queria mais ver aquela chupeta em sua sala de aula, que Yvette tinha quatro anos e que precisava da boca vazia para aprender as vogais. Com ar indignado, entregou-me o objeto da disputa. Yvette entendeu que tal decisão era definitiva e, sem me dar mais atenção, começou a soletrar com as outras crianças.

Eu gostava da minha nova escola, com suas salas de aula floridas de hibiscos. Alguns alunos caminhavam sete a oito quilômetros para alcançá-la. Era possível identificá-los, pois carregavam uma pequena bolsa de pano em que enfiavam seu almoço frugal. Eram estimados pelas crianças do vilarejo porque, no fundo de suas bolsas, havia sempre frutas colhidas pelo caminho ou cipós que serviam para pular corda. Eles traziam também *yeux de bourriques*, aqueles feijões estranhos, vermelhos e pretos, que formavam colares muito bonitos!

Eu tinha uma grande admiração por minha professora. Depois do meu pai, ela havia se tornado para mim aquela que sabia tudo. Eu assimilava rápido o que ela me ensinava e ficava ansiosa para aprender a lição do dia seguinte. No sábado, ela me levava um pedacinho de papel impresso: CERTIFICADO DE SATISFAÇÃO. O de primeira categoria era azul. Rosa quando a tagarelice e a falta de atenção levavam vantagem e, finalmente, havia o infame cartão verde de terceira categoria.

Minha mãe nos esperava ao pé da porta. Ela dizia: "E os cartões?".

Aqueles que tinham cartão azul o brandiam correndo; os cartões rosa demoravam mais para sair; quanto aos verdes, precursores de tapas e punições, só apareciam com uma relutância compreensível. O cartão verde era capaz de nos privar da diversão suprema: as missas vespertinas.

As missas vespertinas eram o ponto de encontro de mulheres e crianças, enquanto os homens se encontravam na arena de rinhas com seus galos de briga.

Sem dúvida, íamos menos por devoção do que por diversão. Chegávamos bem antes da hora da missa e ficávamos brincando em volta da igreja. Como as crianças *békés* não estavam lá nesses dias, a irmã Berthe podia cuidar de nós, meninas de cor.* Ela nos falava de Deus, da França, da sua Bretanha, e cantava com uma vozinha suave e regular, acompanhada pelo harmônio. Ela nos levava ao "Abrigo", um quarto do presbitério e reino das crianças. Vínhamos todos tocar sua mão, seu largo cinto azul, e compará-la à santa de Lisieux. E, depois, ela era nossa sem restrições. Todos os outros dias da semana, irmã Berthe se contentava em nos dar um sorriso quando passava com as internas do convento. Nós nos sentíamos, naqueles momentos, injustiçados, porque afinal uma irmã era coisa de Deus e não entendíamos por que, seis dias por semana, ela era obrigada a ficar com as meninas ricas!

Certo dia, minha mãe parecia mais cansada do que o habitual; ela se afastou da máquina de costura e nos pediu para ir buscar tia Acé. Meu irmão e eu saímos correndo pela estrada empoeirada. Havia mais de dois quilômetros a percorrer.

"Mamãe está doente", disse meu irmão, "ela pediu pra você vir."

Acé pegou um atalho e no caminho chamou dona Solo, a parteira. Ao chegar lá, a esposa do padeiro, com autoridade, nos levou para sua casa e depois voltou para ficar ao lado de minha mãe. Toda essa confusão me intrigava, quando Victorin, do alto de seus oito anos, se encarregou de acabar com minha curiosidade.

"Você vai ter um irmãozinho; é a minha mãe e a dona Solo que vão pegar ele na barriga da sua mãe."

"Não, até parece! Todos os irmãozinhos e irmãzinhas vêm da Samaritaine de Paris. A prova é que minha mãe tem um catálogo pra fazer os pedidos!"

---

* No original, *filles de couleur*. Buscamos preservar o termo usado na língua original, pois a autora diferencia os termos *noire* (refere-se à cor preta ou ao termo étnico-racial "negra"); *nègre* (pode referir-se aos termos étnico-raciais "preto" ou "negro", a depender do contexto) e *fille de couleur* ("menina de cor").

Victorin zombava e falava que os bebês estavam bem escondidos no quentinho da barriga quando as mães ficavam muito gordas. Comecei a chorar, incapaz de considerar tal perspectiva.

Minhas lágrimas secaram quando a vizinha voltou algumas horas depois para anunciar o nascimento de um irmão mais novo.

Corri até minha mãe, que descansava em seus lindos lençóis bordados de dias de festa, com uma coisinha que eu mal conseguia distinguir ao lado dela.

Tia Acé me disse que era Clotaire e me incumbiu de não fazer barulho, pois ele ficaria surdo, de não abrir as janelas, pois ficaria cego! Ela alegava igualmente que era necessário para nossa mãe um repouso de quarenta dias. Mas como ficar na cama por quarenta dias? "As crianças vão pisar na horta", dizia minha mãe, "e todas essas casas de botão que tenho que fazer, e o Pentecostes que já vai chegar!"

Cinco dias depois, ela retomou as costuras com suas aprendizes.

O bebê crescia como uma boa planta em meio a nossos gritos e risos. Para o batismo, minha mãe removeu seu espesso véu de viúva e deu a seus vestidos mais originalidade. Ela não os usava mais tão longos e, às vezes, sorria.

A Missão deveria passar pela vila. Por causa desse evento, o padre Wecter preparava muitos casamentos. "Era necessário", dizia ele aos concubinos da paróquia, "acertar as contas com Deus." Casais chegavam a nossa casa com grandes pacotes debaixo do braço:

"Olha, Délie, vamos 'abençoar nossa convivência'. Faz pra gente nossas roupas de casamento! Tinge esse madras pra gente com o amarelo mais bonito que você encontrar; ele tem que ficar bem esticado."

Minha mãe cortava, ajustava, experimentava. Nós a deixávamos debruçada sobre o trabalho à noite e, ao raiar do dia, a encontrávamos à mesa, com o braço direito girando incansavelmente a manivela de sua máquina de costura.

As línguas corriam soltas. Dona Casimir era fulminante contra os infiéis que se aproveitavam da passagem da Missão católica para fingir que se convertiam. Ela indagava a minha mãe: "Délie, é você que vai fazer a roupa de fulano de tal? Você pode cortar torto, é um safado. Ele vai regularizar a união e vai continuar fazendo bastardinhos por todo lado".

Ela conhecia todas as histórias da paróquia, sentava-se no pátio e interpelava os transeuntes: "Então, você vai se casar? Não se pode enganar Nosso Senhor! Ei, não seja hipócrita, você prefere suas galinhas à sua esposa. Depois da Missão, a gente conversa!".

Estavam acostumados ao seu veneno, mas às vezes os mais ousados respondiam: "Deixa a gente em paz, sua velha intrometida! Bruxa velha!". Então ela deixava para lá, murmurando não sei que maldições.

O padre Wecter mandou limpar a área ao redor da igreja e aparar as árvores de hibiscos e roseiras que levavam ao presbitério. O ciclone havia sacudido uma viga enorme onde ficava o campanário e precisava ser trocada. Ele convocou os fiéis para essa tarefa. Tinham que serrar uma árvore gigante ao pé do monte Pelée e trazê-la em uma carroça até a igreja.

Que acontecimento! O número de voluntários crescia à medida que a notícia se espalhava.

Certa manhã bem cedo, os homens partiram em cortejo. As pessoas correram para vê-los passar e encorajá-los. No fim do dia, um grupo saiu do vilarejo para encontrá-los e logo nos informaram da proximidade deles. Os sinos começaram a tocar e a procissão liderada pelo padre partiu. De todos os lugares apareceram tochas carregadas pelos habitantes das aldeias vizinhas que vieram se juntar ao povo do vilarejo.

O padre Wecter cantava "Queremos Deus", hino que todo o público repetia.

Até aquele momento, nosso pároco me parecia um padre como outro qualquer. Ele havia nascido para rezar a missa e assim o fazia. E então... A noite caiu. À luz das tochas, o cortejo avançava, os homens ajudavam os bois a tirar a carroça dos sulcos e puxavam o jugo. O tronco enorme, preso por cipós, se sacudia, se rebelava e se continha. Às vezes, o grupo parava para retomar o fôlego. O uivo de uma concha de lambi era o sinal para recomeçarem.

O padre Wecter avançava no meio de seu rebanho. O bate-papo das mulheres havia rapidamente substituído as canções. Tia Acé conduzia a conversa: "Não há um só *béké* esta noite com a gente, esses folgados! O padre teve que sair lá do 'outro país' pra reconstruir a igreja, esse sim é um branco bom!".

De fato, o padre havia guardado seu rosário e, juntando-se aos homens, começou a empurrar o tronco da árvore. Ele ritmava seus esforços com cantos religiosos. Seus olhos, azuis como o céu, irradiavam fé. Deixei tia Acé e me aproximei dele. Com outras crianças, juntei minha voz à dele.

As calças do padre ultrapassavam a batina. Ele continuava a cantar obstinadamente. Chegaram à entrada do vilarejo e os homens diziam que, desde que o padre começara a trabalhar, o tronco havia ganhado asas e eles avançavam mais rápido.

Quando usava a casula dominical, o padre me parecia distante. Ali, no meio de nós, com o rosto pingando de suor de quem sabe o que é labutar, ele me mostrou, para sempre, seu Deus.

A semana da Missão chegou com o vilarejo em ebulição. O pregador usava uma túnica marrom e sua cabeça estava completamente raspada.

Nosso pároco havia nos avisado que o padre que passava não vinha para conhecer aqueles que tinham o hábito de frequentar a igreja, mas sim para reunir os que tinham medo de se confessar, os que preferiam as galinhas às esposas. Os recalcitrantes espalharam a notícia e chegaram timidamente no primeiro dia.

Todas as crianças ficavam perto da igreja, e nós os observávamos como animais curiosos. Eles foram bem recebidos pelo padre Regard. Dona Casimir não ousava mais insultá-los, mas os olhos dela diziam muito.

Seu Félix entrou. Ele tinha fama de herege e duas esposas que moravam, as duas, no mesmo bairro. O barulho das brigas deles acabava nos chegando com frequência. Com uma delas ele teve cinco filhos. A segunda, Amélie, vendia pão. Ela era linda, provocante e as pessoas se viravam para vê-la passar.

Quando seu Félix se sentou, muito comportado, na primeira fila da igreja, vimos chegar aquela que conhecíamos como a dona Félix com seus cinco filhos. Ela se sentou perto dele e deixou as crianças no pátio da igreja.

A srta. Amélie ficou sabendo, pôs seu melhor vestido, seu madras mais colorido, e foi também se sentar perto do seu Félix, que ficou pouco à vontade entre as duas esposas, sob o olhar indignado do padre Wecter!

Os curiosos chegavam pouco a pouco e esperavam algo de divertido de tal situação. O padre apresentava os candidatos ao casamento. Quando chegou a vez de Félix, disse ao missionário:

"Aqui está o mais difícil de todos. Ele se atreve a vir aqui com duas amantes!"

"Eu não trouxe ninguém", respondeu. "Eu vim sozinho..."

E levantou-se para ir embora.

Dona Félix chamou os cinco filhos, ajoelhou-se perto do missionário e lhe contou o que todo o vilarejo já sabia: "Eu trabalhava nas plantações de cana de um *béké* com ele. Ele me pegou nova. Eu tinha dezesseis anos quando passamos a morar juntos. Eu não tinha feito a primeira comunhão. Ele me disse que não podia se casar por causa disso, que tinha que esperar. E eu esperei. Tive cinco filhos. Esse foi o meu maior pecado. Eu queria frequentar a igreja, mas preferia vestir meus filhos e enviá-los no meu lugar. Eu tinha vergonha de ir descalça na missa de domingo! Padre, piedade!".

Amélie havia ido lá apenas para expulsar seu homem e a rival. Ela havia se aproximado do seu Félix, arrogante, adornada com seus mais belos colares. Mostrava um sorriso vitorioso.

O missionário ergueu o dedo para ela e disse simplesmente: "Pra você, é adultério, e Deus disse: 'Ai da mulher adúltera!'".

Ele não havia levantado a voz. A srta. Amélie fez o sinal da cruz e escapou. Félix também fez o sinal da cruz com ar constrangido e levantou a mulher ajoelhada no piso de concreto: "Mulher, levanta, estão olhando pra gente. É... padre; Amélie é boa pessoa, mas eu gosto da minha *maman iche*!".*

O missionário pregou o arrependimento e, após a confissão, o perdão geral.

Os curiosos iam embora dizendo que Amélie era amaldiçoada. Padre Wecter foi ao pátio e falou: "Deixem Amélie em paz. Que aquele que não tiver pecado lhe atire a primeira pedra!".

Humilhada, a pobre Amélie mudou-se naquele dia mesmo do vilarejo.

No sábado aconteceu o desfile de casais até a prefeitura toda enfeitada e, no domingo, eles chegaram com roupas novas, as mulheres brilhando e os homens muito mais à vontade do que no início da Missão. Os sinos tocavam à toda e o sol estava em festa. Os casais se puseram no lugar do coro. O missionário casou uns após os outros, pregando-lhes fidelidade, uma virtude desconhecida dos martinicanos. Os homens se

---

* "A mãe dos meus filhos", em crioulo martinicano.

entreolhavam sorrindo. Eles tinham quase todos a casa cheia de filhos e achavam que isso era uma coisa boa. Quanto à fidelidade, via-se depois.

Éramos convidados para todos os lugares ao mesmo tempo. Minha mãe se recusava a deixar a casa e a tristeza dela. As filhas de tia Acé, vindas da cidade, falavam apenas em francês. Minha mãe nos chamou a atenção para como eram distintas: "Vejam como é bonito moças educadas. Se vocês continuarem a falar só patoá, vão ver, vão ser burros a vida inteira!".

Nas casas em festa, ovelhas haviam sido abatidas para o banquete de casamento. Cada um nos enviava uma perna de cordeiro. Todos os recipientes disponíveis viraram depósito de comida.

Em meio aos sinos que tocavam e às pessoas que dançavam, o missionário deixou o vilarejo para pregar em outra comunidade. Enquanto passava, as pessoas se ajoelhavam e ele traçava no espaço grandes sinais da cruz.

VII

Em uma caixa de leite vazia, minha mãe economizava centavo por centavo. Ela se orgulhava quando podia dizer no final da semana: "Separei duas moedas de vinte e cinco centavos pra guardar".

Ela costurava, costurava, vendia agrião, juntava centavos, trocava-os por moedas brancas com um furo* e depois as transformava, na padaria, em lindas cédulas de francos brilhantes. Víamos, com satisfação, a caixa se encher.

Ela conseguiu assim comprar algumas tábuas para consertar a casa, mas sua ambição era comprar dois pares de cadeiras de vime para se livrar dos bancos de madeira de nossa mobília. Ela mediu seu tesouro, que se revelou insuficiente, e a partir daquele momento, nossa mãe procurou em vão uma solução para aumentar o patrimônio. Da única galinha-mãe que tínhamos quando chegamos ao Morne-Rouge, tínhamos uma dúzia de pintinhos que víamos crescer. Os mangustos também os observavam com interesse. Comeram meia dúzia deles e minha mãe decidiu que os seis sobreviventes pertenceriam a nós. Escolhi um pintinho marrom que eu adorava e que eu punha

---

* A França emitiu, entre 1914 e 1946, moedas de cinco, dez, vinte e 25 centavos criadas por Edmond-Émile Lindauer. Em comum, apresentavam um orifício no meio do círculo de metal e por isso ficaram conhecidas como *pièce à trou* (moeda com furo), e eram feitas com materiais como níquel, cobre e zinco.

sempre que possível nas mãos. Meu irmão e minhas irmãs fizeram o mesmo com os deles.

Foram logo domesticados a ponto de subirem em nossas camas, empoleiravam-se em nossos ombros ou na máquina de costura de minha mãe para reivindicar comida. Ela ficava com muita raiva: "Saiam daí! Chispa! Chispa! Vocês são tão custosos e danados quanto seus donos!".

O assunto das nossas conversas se resumia a saber quem, entre nós, tinha um galo ou uma galinha. Se meu irmão quisesse um galo, eu desejava uma galinha. Fiquei logo desapontada, pois meu frango se esticava sobre as patas e gritava cocoricós roucos. Minha mãe pensava em vender nossas aves para ajudar nas contas, mas recuava diante dessa possibilidade quando via nossas galinhas reunidas em frente à porta esperando nosso retorno da escola.

Elas se punham lá, todas as seis, sobre a pedra lisa que servia de degrau. "Estão reunidas, daqui a pouco dá onze horas, a criançada vai chegar", dizia minha mãe.

Meu irmão se sentia rico com um galo que era seu orgulho; ele o achava o mais bonito e o mais forte da ninhada. Quando viu minha mãe contar e recontar sua fortuna e dizer pela centésima vez: "Amanhã não vai ser o dia de comprar as cadeiras!", ele coçou a orelha, rodeou a casa, entrou por uma porta, saiu pela outra e parecia visivelmente envergonhado. Aproximou-se da minha mãe, que tinha voltado ao trabalho, tomou coragem e lançou: "Pode vender meu galo pros *békés*, vai dar dinheiro suficiente pras cadeiras".

E, para esconder a emoção, acrescentou: "Não serve pra nada um galo, não põe nem ovo".

Como eu não queria ser superada em generosidade, declarei que meu galo tinha penas verdes e cinza que não me agradavam de jeito nenhum. Léonie murmurou que o dela não saberia se defender se ficasse sozinho e que era melhor vendê-lo também. Somente Yvette chorava. Ela só tinha quatro anos e não queria que os *békés* comessem a ave dela.

Um dia, enquanto estávamos na escola, minha mãe mandou Anne vender três sacrificados. Anne retornou com vinte francos, uma fortuna! Quando voltamos para casa, mamãe nos esperava rodeada pelos três sobreviventes.

"Pronto", disse, "vocês vão ter as cadeiras de vime pra distribuição dos prêmios e eu vou fazer vestidos de tafetá branco pras meninas. E para você", acrescentou, endereçando-se a meu irmão, "quando tiver dinheiro suficiente na caixinha, vou comprar um porquinho."

Minha mãe reiterava que a escola servia para trabalhar e que os órfãos, mais ainda que os outros, deviam se esforçar. Os mais velhos, meu irmão, dez anos, minha irmã Léonie, seis anos, e eu, tomamos a coisa a sério. Junto com declarações de satisfação, levávamos, no fim do mês, certificados de honra. Nós os segurávamos bem alto e chegávamos correndo em casa. No entanto, minha mãe raramente nos parabenizava. Para ela, sem dúvida, se dormíamos bem, comíamos bem e cumpríamos nossa cota de besteiras, não era possível que o resto não andasse nos conformes. Caso necessário, ela reforçava a teoria com algumas chineladas quando um caderno manchado de tinta lhe caía nas mãos.

O mês da distribuição dos prêmios chegou. Minha mãe nos fez belos vestidos brancos e trouxe da cidade meias até os joelhos. Sonhávamos com aquelas meias que nunca tínhamos usado. Nossas meias de domingo ficavam presas por elásticos ineficazes e acabávamos por enrolá-las em volta dos tornozelos. Não era nada chique, mas minha mãe havia comprado uma quantidade enorme de meias de luto e tínhamos que usá-las.

Meu irmão esperava ganhar o prêmio de excelência e minha professora havia me dito que eu receberia algumas recompensas. Quanto a minha irmã Léonie, ela tinha certeza de que seria chamada duas vezes. Diante de tal perspectiva, minha mãe então decidiu nos comprar meias até o joelho. Ela disse também que pediria as cadeiras de vime para a ocasião. Dessas três coisas, não sabia qual me dava mais alegria: os prêmios, as cadeiras ou as meias.

As últimas haviam chegado, cinza com borda branca; quanto às cadeiras, obra do padre Villon, marceneiro local, tinham o encosto esculpido à mão e eram envernizadas. Minha mãe as alinhou ao longo da parede e decretou que só poderíamos nos sentar no dia seguinte depois da distribuição dos prêmios.

Na escola, as divisórias que separavam as salas de aula foram retiradas. No fim do salão, um palco foi montado e recoberto de folhagens. De todas as portas e janelas pendiam guirlandas de hibiscos e buganvílias. O próprio diretor pendurava as bandeirolas que o prefeito tinha enviado.

Pilhas de livros vermelhos, dourados nas bordas, foram colocados na mesa de premiação, e todos tentavam descobrir para quem eram.

Havia mais de um mês ensaiávamos uma canção para o grande dia. Meu irmão, ao longo de todo o caminho, entoava:

Triomphe et gloire aux travailleurs
Les siècles ont sur leurs bannières...*

Indignada, minha mãe nos dizia que até os mangustos conheciam os refrões, já que tínhamos gritado todos aos quatro cantos. Ela acrescentava: "Quando o prefeito e o padre Wecter chegarem, vocês vão estar roucos, vocês cantam demais!".

O tempo estava ótimo na minha primeira entrega de prêmios. Eu não havia dormido muito, me levantava para tocar

---

* Em tradução livre: "Triunfo e glória aos trabalhadores/ Os séculos trazem em seus estandartes...".

nossos vestidos brancos de manga bufante. Minha mãe havia passado e plissado as golas com um ferro comprido que herdara de sua avó.

No dia anterior, ela havia lavado nossas cabeças com xampu preparado com folhas de quiabo amassadas. Os cabelos, mergulhados naquele banho pegajoso, ficavam menos crespos quando enxaguados. Depois, ficamos ao sol para secá-los bem. Terminado esse processo, minha mãe pegou um jornal grande, arrancou as folhas em tiras e fez papelotes. Ela cobriu nosso cabelo com óleo de rícino feito em casa e, para dissipar o cheiro, adicionou algumas gotas de perfume. Com uma paciência angelical, nossa mãe colocou, em cada uma, duas dúzias de papelotes.

No dia seguinte, os rolinhos de papel foram retirados e os cachos obtidos, presos com grande ajuda de grampos. Além disso, minha mãe nos pôs uma fita azul, nos observou umas duas vezes e achou que estávamos bonitas. Toda a operação ocorreu sob a ameaça de uma vara de bambu porque estávamos morrendo de vontade de mexer naquela obra-prima! Em seguida, vestimos anáguas e, finalmente, os vestidos, tão bem passados que daria para pensar que eram de porcelana. Logo esquecemos nossos cabelos para enxergar apenas nossas pernas e as famosas meias até os joelhos. Minha mãe ficou preocupada: "Não vão andar de cabeça baixa como duas roceiras!".

Meu irmão nos olhava com condescendência. Foi ele quem havia acordado a casa com o barulho do banho que tomava sob a torneira. Em dez minutos, ele havia se preparado sozinho. Minha mãe só teve que ajeitar a gola de marinheiro. Ele havia colocado sobre os cabelos cortados rente uma boina com pompom vermelho. Ficava ereto e mudo, com ar desdenhoso que anunciava todo o orgulho que sentia de ser um menino.

Minha mãe não nos acompanhou. O costume dizia que, durante dois anos, ela se abstivesse de frequentar lugares alegres.

Com o pequeno Clotaire nos braços, ela nos observava sair com tia Acé. Esta última trajava seu belo vestido de cetim e, para completar, pendurou uma corrente de ouro pesada na frente do lenço que usava.

De todos os lugares, grupos se dirigiam para a escola com suas roupas de domingo. Uma banda da cidade produzia estribilhos alegres. Eu achava que estava impressionando minhas amiguinhas com meu novo penteado; logo constatei que todas estavam cheias de fitas e que suas tranças habituais haviam dado lugar a montes de cachinhos.

Os convidados e os pais dos melhores alunos ficavam sentados no palco. Eles eram designados com um "olhem!" cheio de admiração.

O prefeito havia trazido da cidade algumas personalidades. Eu nunca tinha visto um grupo parecido. Assim que minha professora se virava, eu subia no banco para ver melhor. De repente a banda se calou. A diretora usou sua régua vermelha como batuta e todos os alunos começaram a cantar a plenos pulmões. Nas fileiras dos rapazes, vi meu irmão que, de olhos fechados, cantava com todo o coração. Agarrados às janelas, os espectadores cantavam também, pois todo o vilarejo conhecia tudo o que havíamos tão bem ensaiado aos quatro ventos.

A harmonia estava completa: o sol brilhava, a fileira de papoulas vermelhas que margeava a escola tinha flores do tamanho de toranjas e rabos-de-gato se misturavam aos hibiscos.

Logo começou a leitura dos nomes laureados. Os alunos atravessavam o corredor central e subiam até a mesa de premiação. As menções honrosas pareciam bem magrinhas e aqueles que as recebiam, apesar de satisfeitos com os aplausos dos espectadores, retornavam envergonhados. Os outros, ganhadores de coroas verdes de papel, chegavam, inclinavam-se para receber a recompensa e olhavam triunfantemente para o salão.

Minha irmã Léonie e eu tínhamos recebido uma coroa, mas nós duas observávamos nosso irmão. Quando o chamaram, ele nos deu, ao passar, sua boina de pompom e subiu estufando o peito em direção à tribuna de honra. O diretor leu a lista de prêmios que eram destinados a ele e terminou, dizendo: "Armand Sertal, oito vezes indicado".

O prefeito se levantou e anunciou: "Armand Sertal, prêmio destinado pelo município, nove vezes indicado!".

Meu irmão inclinou a cabeça redonda, recebeu uma coroa dourada e já ia dar meia-volta quando a diretora disse por sua vez: "Armand Sertal, prêmio de excelência, dez vezes indicado".

Tia Acé se levantou, arrumou o madras, balançou as pulseiras, estendeu a cauda do vestido e recebeu do diretor uma nova coroa, que colocou na testa do meu irmão. Armand havia pura e simplesmente passado as outras duas coroas para o pescoço. Elas lhe alcançavam o nariz e eu só conseguia distinguir seus olhos. Cheia de orgulho, tia Acé pegou a pilha de livros dos braços dele e beijou o que ele tinha de livre no rosto.

Eu não podia mais me conter. Havia me mexido tanto que meu vestido branco estava todo amassado. Eu subi de novo no banco e gritei: "É meu irmão! É meu irmão!".

A diretora estava passando por ali e, pela última vez no ano, puxou minhas orelhas e me colocou rudemente no lugar. De volta à realidade, achei que minha coroa verde era bem ruinzinha. Pedi a meu irmão, que voltava ao lugar dele, para me emprestar uma dourada. Ele se livrou da coroa e me jogou a recompensa de seu trabalho. Assim enfeitada, esperei mais boazinha o fim do evento.

Minha mãe havia colocado as quatro cadeiras de vime em volta da mesa e relegado o banco de madeira à cozinha. Um forro de mesa bordado, deslumbrante de brancura, realçava nossa mesa, e uma refeição suculenta nos aguardava.

Depois que os vizinhos chegaram, pudemos provar o vermute, que era o aperitivo dos dias de festa e diferia um pouco do ponche tradicional.

Armand ganhou um elogio de minha mãe: "Muito bem", disse, "continue assim". Rodeada por seus filhos, ela tinha o rosto sereno e olhava o futuro com otimismo... em função de algumas coroas de papel colorido.

VIII

As férias corriam a todo vapor. O Morne-Rouge, conhecido por seu ar fresco, servia como resort de verão. Os turistas enchiam a cidade. As casas de férias dos *békés* abundavam de gente. Entre eles, notamos uma família cujo chefe se parecia incrivelmente com o pai Azou, mas com uma diferença: ele não tinha orelhas furadas. Andava ereto, calmamente, vestindo roupas sempre bem passadas, e se expressava com distinção. A esposa o acompanhava, assim como as filhas, altas e bonitas. Elas dedicavam-se à música, ao que parece, e quando uma delas pegou o harmônio na igreja, fiquei de boca aberta. Eu não conseguia imaginar que mulheres pudessem fazer outra coisa além de costurar, vender leite ou cozinhar. Minha mãe as citava como exemplo: "Para serem moças bem-educadas, é preciso começar por falar francês corretamente. Mas vocês, com esse patoá de vocês!".

Numa manhã, ao passar, o casal abordou minha mãe. Fazia anos que vinham passar férias e nunca tinham notado nossa família. Enquanto colhia botões de seu algodoeiro, minha mãe lhes contou nossa história. A mulher comprou nosso agrião e retornou trazendo cortes de tecido. Nossa clientela cresceu com os turistas e sobretudo melhorou. O trabalho era pago em dinheiro. O povo local pegava a encomenda e prometia pagar depois. "Depois", isso significava quilômetros no domingo para lembrar a uma freguesa os cem francos do vestido e, à outra, os cinquenta da saia. Pai Azou, por exemplo, nunca pagava pelas camisas, ele as convertia em frutas e legumes.

Já seu Louis continuava a arar e capinar a horta cada vez que precisava de novas calças.

Nas férias, as moedas enchiam o cofrinho. Um belo dia mamãe as contou e saiu para comprar um porquinho para nós.

Ele foi trazido num saco, com as quatro patas amarradas; só a cabeça ficava de fora. Gritava tão alto que todos os vizinhos foram ver. Quando passaram uma corda em volta do pescoço dele, sua raiva redobrou e, furiosamente, arranhou o chão com as patas.

Meu irmão decidiu que ele se chamaria Bouliqui. Com os outros meninos do bairro, ele construiu um abrigo para ele perto de uma borda de juncos indianos e uma cama de folhas secas de bananeira. A terra batida da cabana foi coberta com grama fresca. Bouliqui não se deixou enganar de jeito nenhum: num piscar de olhos, espalhou a grama e desarrumou a cama, tal camuflagem não valia sua liberdade. Desesperado, se enrolou na corda e quase se estrangulou. Minha mãe dizia nunca ter visto um porquinho tão teimoso. Ele grunhia a noite inteira e, durante muitos dias, fez greve de fome. No entanto, se habituou à nova vida, e certa manhã, quando nos aproximamos, seus grunhidos assumiram um tom amigável. Minha mãe lhe deu açúcar, acariciou seu lombo, e Bouliqui, satisfeito com os cuidados, passou a fazer parte da casa. Ele esperava a ração calmamente e, quando o levávamos para tomar banho, não fugia mais, mas nos seguia brincando.

Um dia, mais ousado, entrou pela porta. Minha mãe o expulsou, dizendo: "Ele vai estar gordo o suficiente na Páscoa, vou mandar matar, vou vender a metade e a gente come o resto".

Fiquei horrorizada e prometi a Bouliqui ajudá-lo a fugir e jamais deixar que o matassem.

Minha mãe se dizia feliz com sua máquina de costura, os filhos, Bouliqui e a horta. Até que, numa manhã, o feiticeiro da vizinhança passou com um saco de farinha debaixo do braço.

"Faz pra mim", disse, "uma calça boca de sino. Está na moda."

Minha mãe pediu a ele que lavasse o saco primeiro para tirar a farinha. Seu Parfait — ele se chamava assim — ficou furioso. Achou que minha mãe estava muito petulante desde que tinha passado a receber fregueses que vinham da cidade.

"Você vai ver", fulminou, levando o saco com ele. Minha mãe fez o sinal da cruz e pediu proteção divina.

Como o primeiro domingo do mês era dia de comunhão, a casa toda se levantava cedo e ia à igreja. A pequena Yvette, que tinha guardado os sapatos ao pé da cama, se abaixou para apanhá-los. Ela deu um tal grito de horror que minha mãe deixou o pequeno Clotaire cair do peito.

Os sapatos estavam cobertos de formigas-cabo-verde que viviam normalmente perto de samambaias arbóreas. Como elas haviam se enganado de caminho e invadido nosso quarto? Minha mãe pediu socorro. Para livrar Yvette de centenas de formigas que a mordiam, ela a mergulhou num barril que acumulava água da chuva atrás da casa.

Os dias que se seguiram foram sinistros. Quando os vaga-lumes começavam seu balé de fadas, as portas do pesadelo se abriam para nós. Ao redor da casa, ouviam-se zombarias, sussurros e pedras caíam com força no telhado. Minha mãe parou de trabalhar à noite para terminar as encomendas e instalou uma cama improvisada em seu quarto, onde todos dormíamos sob seus cuidados. Bouliqui grunhia desesperadamente. O alvorecer encontrava a pobre mulher vencida pelo cansaço.

Desde o banho forçado, Yvette estava doente; ela sentira tanto medo que seus nervos ficaram abalados. Minha mãe não conseguia aceitar trabalho extra e nosso cofrinho se esvaziou num piscar de olhos.

Por dois longos meses, o calvário persistiu. Seu Parfait passava toda manhã, com a bengala na mão, o bigode em desalinho.

"Vão bem, as encomendas?"

Minha mãe, resignada, tentava se exibir: "Claro, estou cheia de trabalho".

Seu Parfait enfiava o velho chapéu de feltro nas orelhas e ia embora resmungando.

Essa situação comoveu tia Acé, que foi substituir minha mãe ao lado da cama de Yvette. Ela começou por nos alojar de volta em nosso quarto e nos persuadiu de que nosso medo era irracional; borrifou água benta em nossas camas e se deitou conosco. Eu fechava os olhos com apreensão porque meus sonhos eram povoados de fantasmas. Tanta segurança emanava de tia Acé que, naquela noite, me esqueci do temor que me vencia desde algum tempo.

Durante a noite fui acordada pela voz de minha tia, que reclamava. Ela havia iluminado toda a casa, tinha se vestido rapidamente, aberto a porta e segurava um lampião na mão. Ela lançou: "Olha aqui, você não tem vergonha de atormentar gente indefesa, não? Deus é mais forte que você e, em nome de Deus, você vai voltar pro lugar de onde veio. Deixa essa gente de valor em paz".

Ela continuava seu discurso e o nome de Deus surgia sem parar em sua boca. Depressa nos juntamos a nossa mãe, que, encorajada, ficou de pé perto da porta da entrada com um rosário na mão. A mulher do padeiro e seus filhos haviam se levantado e, apesar do medo, vieram até nossa casa.

Tia Acé nos disse que tinha ouvido Bouliqui grunhir e puxar a corda que lhe prendia em seu abrigo. Parecia que ele havia apanhado. Levantou-se e viu uma forma que se distanciava na escuridão, mancando. Jurava que era seu Parfait.

Da próxima vez que ela o surpreendesse rondando, prometeu perfurá-lo com um antigo florete que decorava a casa dela.

No dia seguinte àquela noite agitada, o feiticeiro só passou na frente da nossa casa no fim do dia. Acé, que lavava pés de agrião, ao vê-lo, correu para gritar: "Velho 'abusado', eu vou te livrar do demônio. Na próxima vez, o caminho vai ser reto... Eu te vi, entendeu? Vi. E saiba que não tenho medo de você!". Ela tirou do bolso um longo rosário e o brandiu. Seu Parfait gaguejou alguma coisa e desapareceu pelo caminho.

Enquanto tia Acé ficou conosco, nada de anormal aconteceu. Julgando que tudo tinha entrado em ordem, ela voltou para seu morro. Minha mãe ficou apreensiva com a partida e não estava errada. Na primeira noite, fomos novamente acordados com uma galopada frenética que parou bem na frente da nossa porta. Minha mãe, para nos tranquilizar, foi ao nosso quarto, passou a noite sentada numa cadeira cuidando de nós. O dia a surpreendeu, desesperada, sem poder sequer rezar.

A mulher do padeiro veio nos contar que ela ouvira barulho de gente correndo pela vizinhança e, vendo o rosto abatido de minha mãe, disse: "Você não pode ficar assim. Eu vou chamar uma vidente. Ela se chama Élisa, inclusive ela deve se mudar do morro Maximin para morar na casa que estamos construindo aqui do lado. Você vai morrer de insônia e as crianças, o que vai ser delas?".

Minha mãe aceitou a visita de Élisa. Pouco tempo depois, ela chegou vestida de preto com um penteado rigorosamente bem-feito, envolto em um madras cinza. Seu rosto era calmo, tinha olhos imensos e tristes que refletiam a bondade.

"Aqui estou eu", disse. "Hortense me falou de você. Já estou me comunicando com você desde que saí de manhã, mas você não sabia. Você está em sofrimento e tem que ser rápido. Vim logo."

Minha mãe nunca nos dizia que tinha medo, mas dava para sentir. Esse sentimento de insegurança havia nos dominado. Era com alegria que víamos Élisa cheia de confiança. Minha mãe quis nos colocar para fora, mas a vidente assegurou que não era necessário, empurrou o ferrolho, fechou a janela, acendeu velas e ficou entre minha mãe e a mulher do padeiro. Começou a rezar e cochilou serenamente. Ordenou que minha mãe escrevesse o que ela iria dizer.

Ficar trancados em casa em pleno dia em geral não nos agradava. Começamos a nos inquietar e a conversar sem prestar muita atenção nos adultos. Elas nos expulsaram.

Havia algo de insólito em deixar as velas acesas enquanto o sol brilhava do lado de fora; eu fui contar aos meus colegas. Fred, o filho de Hortense, nos disse que Élisa caçava fantasmas. Ela estivera na casa deles e nada mais atormentava a paz do lugar.

Élisa, antes de ir embora, despachou a mulher do padeiro para a farmácia para comprar "remédios". Ela retornou com um monte de frascos. Élisa pegou plantas, mandou macerá-las, misturou tudo e as espalhou pela casa. Depois, fez buracos nos quatro cantos do pátio e enterrou os frascos neles. Disse a minha mãe para abrir, quando a hora do Ângelus soasse à noite, um pequeno recipiente que ela havia separado. Armand o pegou e leu em voz alta a palavra: "Álcali". Tudo isso acontecia sob os olhos atentos das crianças. Élisa aconselhou então à família fazer peregrinações.

"Eu vou morar ali em breve", disse, apontando o dedo indicador para um terreno de plantas selvagens onde construíam uma casinha de madeira do Norte. Era um luxo extremo no vilarejo, já que as outras casas eram feitas de espécies menos nobres.

Na noite seguinte, e já era hora, estávamos realmente livres de toda assombração. Eu falo que era hora porque o ano letivo já tinha começado e todo dia tomávamos o caminho da escola meio adormecidos. Minha mãe voltou a trabalhar, chamou suas aprendizes, limpou a horta, nos enviou ao catecismo e viu com alegria Yvette curada do medo.

O padre Wecter veio nos visitar. Minha mãe lhe contou o que tinha acontecido. Ele ficou abismado. "Um país tão bonito", dizia, "com uma chaga dessas! Só a ajuda de Deus pode livrar do mal. Infelizmente, os feiticeiros existem e eles fazem estragos junto às pessoas crédulas e sem defesas! Vou rezar por vocês."

Hortense ouviu o padre com respeito, mas, assim que ele virou as costas, disparou: "Ajude você mesmo, o céu vai te ajudar! Se Élisa não tivesse vindo ajudar o Bom Deus a varrer os fantasmas de Parfait, você estaria morta agora e as crianças com você! Como o seu marido, como muitos outros! Os pais-nossos são bons, mas não são suficientes pra nos livrar dos feiticeiros". Essa lógica implacável desnorteava minha mãe, que era comedida em tudo.

IX

Bouliqui já estava bem gordo; seus pelos pretos brilhavam e nós o achávamos cada vez mais simpático. Com receio, víamos o Natal se aproximar, pois a hora do sacrifício chegaria para todos os porcos do país. Minha mãe nos tranquilizava. Como nessa época do ano lembranças dolorosas a assaltavam, ela havia decidido não festejar o dia da Natividade. Assim, Bouliqui ganhava uma suspensão de sua pena.

No entanto, ela deixava que fôssemos festejar na casa do vizinho. Ao sair da escola, levávamos grandes cestos para colher ervilhas. Os galhos dos arbustos se dobravam com nosso peso. Diziam para não derrubarmos as florzinhas amarelas, mas era em vão. Partíamos galhos grandes carregados de vagens por diversão. Assim que os cestos se enchiam, éramos excelentes em encontrar cantos isolados para esconder os galhos destruídos. Conhecíamos sobretudo os lugares onde havia pés de tangerina e laranjeiras solitárias. Apesar dos espinhos, conseguíamos colher porções enormes de frutas perfumadas. Nossos pais temiam sempre o espinho fatal e o tétano. Em vão, tentávamos esconder nossos pequenos furtos, mas o cheiro do entusiasmo que nos envolvia era traiçoeiro.

Nessa época do ano, a noite caía rápido. Muito cedo os gafanhotos começavam a algazarra. De vez em quando, o coaxar dos sapos lhes respondia. Era a hora maravilhosa do entardecer, e ora íamos à casa do padeiro, ora à casa de Élisa, que havia se mudado para sua nova morada.

Ao redor da mesa em que invariavelmente ficava um lampião a querosene, descascávamos as ervilhas. Aos montes, as vagens se acumulavam no chão e as cuias se enchiam a olhos vistos. O padeiro reiterava pela milésima vez que na França havia ervilhas parecidas com as nossas, mas que era preciso se abaixar para colhê-las, e por isso as chamavam de *petis pois*. Eu não conseguia imaginar alguém se abaixando para colher ervilhas, já que eu tinha que subir num arbusto para pegar as nossas.

Sonson, o marido de Élisa, nos contava histórias que pontuava com cantos e gestos. Diante de nós, Jean-le-Malin e Jean-le-Couyon ganhavam vida; diabinhas lindas como um dia de sol, que se encontravam ao meio-dia em ponto sobre as rochas do rio, se penteavam e se olhavam. Os homens penduravam suas peles num prego atrás da porta e se transformavam em animais, depois, um ser sobrenatural, bom ou mau, a depender da circunstância, salgava essas peles na ausência deles. Sonson contava tudo isso tão naturalmente que fazia o público morrer de rir ou estremecer de medo.

Para não ficar para trás, o padeiro evocava seu tempo de regimento com os zuavos. Em seguida, as mulheres cantavam cantigas de Natal. Em cada casa havia um compilado desses cantos cuja origem se perdeu na noite dos tempos. Cantavam o pastor Michaud, cantavam a Virgem e a criança, cantavam Belém, os anjos e são José e o frio do inverno, ao passo que as noites quentes nos faziam transpirar em pleno dezembro. Nesses velhos cantos vindos do interior da França, todo um mundo de sonho desfilava e, entre dois refrões, escutávamos os burburinhos vindos das outras casas.

Em nosso quarto forrado de jornais velhos, eu decifrava, à luz do nosso lampião, as palavras impressas na parede. Antes das férias, nada disso me interessava. Eu achava suficiente as coisas que era obrigada a ler na escola e no catecismo. Quando queria uma informação, perguntava à minha mãe ou ao meu irmão. Mas belos livros foram distribuídos no dia da entrega de prêmios. Minha mãe nos obrigou a lê-los, mesmo que preferíssemos pegar passarinhos ou castanhas.

Fiquei tentada de vez quando meu irmão meticulosamente me contou o que havia acontecido em dois de seus livros, intitulados *Poum* e *Zette*. Agora era minha vez de saber por mim mesma. A experiência foi feliz. Passei a ler tudo que caísse em minhas mãos. Meu livro de catecismo foi então "devorado". O livro grosso de medicina do meu pai defunto recebia minha visita com frequência. Minha mãe o trocava de lugar, mas eu sempre dava um jeito de encontrá-lo. Na igreja, eu não me contentava em cantar mecanicamente, queria saber onde estavam escritas as frases que eu recitava de cor. Bisbilhotei um caderno volumoso no qual as aprendizes da minha mãe escreviam refrões de músicas da moda. Elas haviam escrito na primeira página, com uma letra caprichada, as palavras: CADERNO DE CANÇÕES ROMÂNTICAS. Não me contentava em ler, passei a cantarolá-las. Eu declamava "Ramona" ou "Rose Marie" para grande escândalo da minha mãe, que dizia: "Ela não fez nem a primeira comunhão, mas canta músicas românticas! É o fim do mundo!".

Eu me gabava a meus vizinhos de saber ler palavras difíceis; inclusive, bem em cima da minha cama, havia uma difícil de decifrar. Eles quiseram ver. Minha mãe encontrou um monte de crianças soletrando "Sta-vis-ky".* No meu livro de catecismo, havia também, entre os mandamentos de Deus: "Não cometerás adultério". Essas palavras, ninguém sabia o que significavam, nem o padre Wecter, a quem eu

---

* Refere-se provavelmente ao financista Alexandre Stavisky (1886-1934), envolvido em um rumoroso caso de corrupção.

havia perguntado, nem a irmã Berthe, que me respondeu que era um mandamento para as pessoas grandes, nem mesmo minha mãe, que em geral sabia tudo. Ela havia encerrado a indagação com um tapa estrondoso que não me curou da curiosidade incansável.

Meu irmão não queria que eu tocasse em seu livro de geografia. Pela primeira vez na vida, ele tinha um, dado pela Secretaria de Educação. Ele tomava conta dele muito bem. Quando eu achava que ele havia saído, mergulhava com felicidade as mãos na mochila dele e retirava o livro para observá-lo atentamente. Eu não perdia a oportunidade de chamar a atenção dele para o fato de que o livro era muito malfeito, pois não havia uma fotografia sequer do monte Pelée!

Armand ficava bravo, já que minhas declarações provavam que eu havia usado seu tesouro, o único livro didático que ele possuía!

Hurard, filho de Élisa, veio um dia pedir a meu irmão seu livro de geografia; em troca, ele lhe emprestaria o seu *Ernest Lavisse*. Falando assim, estendeu a ele um livro de história magnífico no qual havia reproduzida uma foto do referido Ernest. Hurard tinha a cabeça dura como uma pedra, dizia seu Sonson, pai dele. Era estúpido como uma mula, acrescentava Élisa, e guloso como um porquinho, acrescentava meu irmão. Eu o achava gentil como um anjo, e por um bom motivo! Ele me emprestava seu livro de história em troca de uma pequena goiaba ou do mais diminuto pedaço de cana!

Assim eu conheci gauleses, servos e reis preguiçosos. Meu irmão anunciou com alarde que já estava aprendendo sobre a Idade Média. Com orgulho, respondi que eu, desde o dia anterior, já estava lendo Napoleão. Ele brigava com Hurard e o proibia de me emprestar o livro dele. Hurard o ignorava e me emprestava assim mesmo. Para vencer sua obstinação,

Armand convenceu os outros meninos a chamá-lo de "fofoqueiro" sob o pretexto de que ele só se divertia com meninas. O que os murros não conseguiram, a injúria realizou, e Hurard não me emprestou mais seu *Lavisse*. Tive que me contentar com algumas linhas que a professora me mandava copiar num pequeno "caderno de atividades".

Minha mãe percebeu minha amargura. Para me consolar, fez uma bela bolsa escolar de brim cáqui para mim. Era um luxo supremo. A maior parte das crianças carregava os livros debaixo dos braços sem nada para protegê-los. Em troca dessa bolsa que era meu orgulho, pude finalmente ler o livro de geografia do meu irmão sem grandes dificuldades. Ele estava tão feliz de ter, por sua vez, também essa bolsa, que me permitiu ver o que havia guardado no interior dela.

Sem desconfiança, ele me confiava a bolsa e ia a suas reuniões. Havia um caderno sobre o qual estava escrito: DEVERES DE CASA. Eu não resistia à vontade de começar sua tarefa. Era um dever sobre as medidas de capacidade. Meus conhecimentos naquele domínio terminavam oficialmente no litro. Isso não me impedia em nada de adicionar, com minha mais bela escrita: "os submúltiplos do litro são o almude, a canada e a meia-canada".

Quando minha mãe passava, além de sua indignação por me ver escrevendo no caderno do meu irmão, ela achava, para minha grande surpresa, que eu maltratava a língua francesa.

Os negócios de Élisa prosperavam. Às segundas e quintas-feiras, havia muita gente na casa da vidente. As pessoas vinham procurar "remédios", um para bronquite, outro para afastar os fantasmas.

Os clientes não sabiam ler ou escrever, assim como Élisa. Ela chamava então as crianças do bairro para redigir as receitas que supostamente recebia de Deus. Tinha predileção por mim. Às quintas, depois do catecismo, me mantinha com ela por muito tempo. Eu preferia colher framboesas ou seguir a galinha-mãe que punha ovos fora do ninho.

Ficava escuro no consultório onde Élisa recebia. Uma vela acesa aos pés de uma grande estátua da Virgem era a única fonte de iluminação. Élisa havia fechado a única janela por onde o sol podia entrar. "Por precaução", dizia. Fazia algum tempo, os policiais europeus do vilarejo rondavam por ali. Era proibido por lei "realizar sessões". No entanto, não havia médico no Morne-Rouge e, sem Élisa, muita gente passaria dessa para uma melhor antes de chegar a Fort-de-France ou antes dos plantões bimestrais do médico que atendia no posto de saúde. E mesmo que tivesse havido um médico titular no município, ele teria rapidamente aberto falência. Todos preferiam uma "sessão" com a vidente a uma consulta com o melhor dos clínicos. Aliás, os doentes receavam sobretudo o momento em que Élisa lhes aconselhava ir ver um médico. "Não tem mais nada a se fazer", diziam aqueles cujo destino obrigava a ir a uma consulta regular. Élisa "lavou as mãos". Lavar as mãos significava que o caso julgado por ela era desesperador.

Quando Élisa me chamava, eu ia me arrastando. "Vem", dizia, "Hurard, meu filho, faz garranchos como os médicos, as pessoas não entendem o que ele escreve. Eles têm que andar quilômetros pra depois ter que voltar aqui e saber o que está no papel. Quando é você, nunca retornam. Vem, domingo você vai ganhar balinha de pistache e geleia de coco."

Ela me prometia dar aquilo tudo na hora do lanche, porque minha mãe não queria que eu aceitasse o que quer que fosse. Eu entrava no cômodo sem luz. Élisa começava sempre com uma longa reza e depois adormecia. Sua voz ficava doce. Ela dizia aos clientes: "Você, você tem uma doença dada pelo Bom Deus, você sente dor em tal ou tal lugar. Você vai fazer isso ou aquilo". Para outros, a voz doce e neutra se alterava: "Manda a criança sair, sua doença não é natural". Quando ela dizia isso, eu saía, chamava mamãe ou uma das pessoas que esperavam no pátio: "Élisa quer uma pessoa adulta para escrever".

Em meio ao público, havia sempre um voluntário. Um dia, tive muito medo. Élisa estava diante de um homem bem corpulento, de rosto duro. No lugar do sono tranquilo, Élisa estava em transe, gotas grossas de suor lhe escorriam da testa. Ela parecia ignorar minha presença, a voz era severa: "Você não tem vergonha? Você já mandou metade dessa família pro cemitério! Você está atormentado! Envie o pai aqui pra se curar e você vá à estrada, no lugar em que ela cruza com a rodovia, coloque 'sua coisa' embaixo de uma pedra e volte, se quiser que eu fale com você!".

O homem percebeu minha presença e, em vez de olhar para Élisa, resolveu me encarar com curiosidade. A voz de Élisa explodiu: "Você é nocivo! Você, criança, saia!".

Não esperei que ela dissesse duas vezes. Saí correndo. Contei a história a meus amiguinhos, e com Hurard, filho de Élisa, à frente, nos reunimos perto da ponte para ver o fantasma. Ele saiu com ar inseguro, titubeava e, dessa vez, era ele quem enxugava a testa. Durante longos minutos, escutamos Élisa rezar. Ela recitava coisas em latim. Apareceu na entrada e disse: "Mandei Satã embora daqui!". Depois, tranquilamente, chamou o próximo.

Acabei me fingindo de sonâmbula. Meus vizinhos, irmãos e irmãs serviam de público. Eu sabia de cor o nome das plantas que Élisa prescrevia. Eu fechava os olhos e declamava: "Você, você tem uma inflamação grande nas entranhas, pega seis flores de ervilha branca, um ramo de chá-das-antilhas e faz um cataplasma de farinha. Já você tem o sangue doente, ferve brotos de abacate e uma folha de graviola pela manhã. E você, para os olhos, prepara um extrato de banana".

A meninada saía correndo e voltava com braçadas de folhas. Na falta de absinto, chá de manjericão ou anador, eles assaltavam a horta dos pais. Aos meus pés, uma montanha de alface, cebola, aipo, se esparramava. Invariavelmente, minhas sessões terminavam com algumas chineladas distribuídas a todos. Só contávamos com a indulgência de Élisa, que dizia para nos deixarem brincar. Ela passava as mãos nos meus cabelos e me prometia o "dom" quando eu ficasse grande.

Élisa amava a natureza. Ela nos levava a seu jardim situado num morro íngreme. Enquanto mexia nas batatas, batia papo conosco. Ela conhecia o nome de cada árvore, de cada pássaro. Quando um menino tirava a vida de um *pipiri** ou de um melro com um estilingue, ela ficava triste: "Não mate eles, o Bom Deus não fez eles à toa".

Sua cesta caribenha ficava repleta de repolho-chinês, inhames, pepinos. Ela lamentava nos ver chegar sem nenhuma bolsa ou sequer uma pequena cabaça para levar castanhas. Ao contrário de tia Acé e do pai Azou, que davam a cada criança um recipiente para apanhar frutas, Élisa nos deixava segui-la com as mãos livres. Quando minha mãe a repreendia por isso, ela respondia: "As crianças pequenas são animaizinhos; para serem felizes, não podem ser forçadas a fazer o trabalho dos grandes. Eles vão ter tempo de envenenar a existência deles".

No entanto, ela nos fazia catar cada fruta-pão que caía de nossas mãos negligentes e nos envergonhava por nossa desenvoltura: "Vocês jogam fora o suor dos outros e o esforço dos homens não tem preço, seus demônios. Levem essas frutas pros porcos de vocês e, quando eles ficarem satisfeitos, as galinhas comem o resto, os pássaros do Bom Deus também, e as minhocas depois deles e aí o esforço dos homens não será perdido".

---

* Pássaro da fauna antilhana, considerado o mais matinal dos pássaros. A expressão *au pipiri* significa "ao amanhecer".

Élisa, mesmo quando o sol estava brilhando, sentia os sinais da proximidade da chuva. Dependendo da maneira como soprava o alísio, estabelecia previsões meteorológicas infalíveis. Observava os lenhadores e os agricultores que passavam, com facas ou enxadas nos ombros, foices nas mãos, e anunciava-lhes que águas torrenciais transbordariam ao pé do vulcão ou que o rio Capote* carregaria árvores tão grandes como transatlânticos. Ela nunca se enganava.

Ela gostava de conversar com o padre Wecter, que a repreendia por tomar o lugar do médico. Élisa ficava séria e mostrava as mãos: "Elas estão limpas e, se minha alma anda atormentada, é porque os feiticeiros fazem estragos demais".

O bom padre dava meia-volta e ia embora meditativo.

Toda a vida do morro mudou quando uma viatura pública foi posta em circulação. Pela estrada pedregosa, seu Barreau lançou o primeiro ônibus. Era um Ford grande que cuspia e fumava apesar da bela carroceria de madeira pintada de azul e vermelho e do nome, escrito em letras grandes: ESTRELA DO NORTE.

Até aquele momento, todo o vilarejo contava com os agricultores que iam para as plantações de manhã. Diziam: "Seu Louis está saindo, é hora de mandar as crianças pra escola". Ou: "As vendedoras de peixe chegaram, devem ser onze horas".

No presbitério, havia um relógio antigo. O pároco se baseava nele para fazer soar a hora do Ângelus três vezes por dia. Conforme os habitantes tivessem mais ou menos pressa, acusavam os sinos de tocar um pouco antes ou depois da hora que desejavam que fosse.

---

* O rio Capot ou Capote se localiza no norte da Martinica e cobre uma superfície de 57 quilômetros. É alimentado por vários afluentes vindos do monte Pelée e atravessa as regiões de Ajoupa-Bouillon, Basse-Pointe, Le Lorrain e Le Morne-Rouge, até desaguar no mar do Caribe.

Agora, havia uma "estrela" constante e barulhenta, que subia e descia a estrada. Ela substituiu depressa todos os meios conhecidos no vilarejo para saber a hora.

A partir do dia memorável em que o motor tomou conta da estrada, ninguém mais se importava em saber se o Ângelus tocava na hora exata. Diziam: "André está subindo, são seis horas; André está voltando, são dez horas", e assim por diante. Pois essa "estrela" era conduzida por um albino turbulento chamado André. Ele tinha sempre no canto dos lábios um sorriso que lhe dava um ar malvado. Buzinava sem parar e o "fom-fom" fazia a criançada correr. Aves, que até pouco tempo vagavam pelo caminho, fugiam aterrorizadas.

Em pouco tempo André se tornou uma personagem importante. As carregadoras de leite e as vendedoras de frutas, que tinham o costume de percorrer, de pés descalços com cargas de vinte e cinco a quarenta quilos na cabeça, os sete quilômetros de distância até Saint-Pierre, se sentiram aliviadas com o surgimento do ônibus.

Elas deixavam os pacotes ao longo da estrada e esperavam por André. Ele chegava em meio a uma nuvem de poeira, freava bruscamente e enfiava homens e animais dentro do veículo. Os porcos, que seriam levados ao barco para serem vendidos na cidade, gritavam na plataforma. Quando uma cara não agradava o motorista, ele fingia não ver a candidata a passageira que esperava ali havia horas. No vilarejo, era só "seu André" para cá e "seu André" para lá, e ele comandava tudo.

A empregada, Anne, que andava descalça e frequentemente se recusava a pentear os cabelos, se tornou de repente vaidosa. Ela comprou um espelho e, quando ouvia o barulho infernal da buzina, se untava de pó de arroz e, toda arrumada, ficava plantada à beira da estrada. Minha mãe não tinha mais dificuldades em mandá-la passar as roupas dela. Quando o dia amanhecia, Anne lavava e engomava os próprios vestidos. Os sapatos de lona branca andavam agora imaculados. Ela só vivia à espera da Estrela do Norte.

Como ela ficava linda de se ver, o motorista a notou. Ele parava o veículo a vinte metros de casa, tendo ou não passageiros a embarcar. Anne, sorridente, corria. Com seu André, ela falava estupidamente da chuva ou do tempo bom. Ela nos levava sempre com ela. Minha mãe se comoveu com a estratégia inocente. Ela lhe disse que, aos dezesseis anos, não se deve olhar para os motoristas de ônibus, pois eram uns bandidos, safados, que, em cada vila, tinham pelo menos duas mulheres! Portanto, seu André foi descrito como um bicho-papão. Anne parecia surda a tais discursos. Para convencê-la, minha mãe destacava toda a felicidade que havia para uma moça que "perseverasse" junto às irmãs da igreja em lugar de vagar à espera de um carro. Ela lhe lembrava que essas moças se casavam com véus bonitos e grinaldas. O que poderia ser motivo de mais alegria para uma família?

Mas Anne estava fisgada. Ela escutava... e ia para a entrada do vilarejo encontrar seu André. Minha mãe preveniu os pais dela, que vieram às pressas do Lorrain. Pior para ela que, em vez de seguir com a família, fugiu com suas bagagens. Todo o vilarejo ficou sabendo e seu André foi pessoalmente dizer a minha mãe que ele daria uma casa a Anne enquanto esperava o dia em que tivesse tempo de falar com o pároco e o prefeito.

O sangue de tia Acé subiu à cabeça! Ela fincou pé no meio da estrada acompanhada do pai Azou, armado com seu facão. Mesmo que a Estrela do Norte, carregada de passageiros, buzinasse, fumegasse, cuspisse, a tia não se movia. O motor teve que parar e seu André saiu pela porta para pedir ao casal que liberasse a passagem.

Tia Acé replicou que ele não passava de um albino que, não contente em despedaçar os mangustos e as aves, havia se tornado ladrão de meninas, e que ele iria se ver com o Bom Deus.

Claro, não havia lei que protegesse os menores; quanto mais um homem tinha amantes, mais moças ele procurava para enriquecer sua coleção. Às vezes, uma família desesperada acertava as contas a golpes de faca.

Pai Azou, um gigante imóvel, era uma cabeça inteira mais alto que seu André. O motorista tentou se desculpar. Azou, silenciosamente, mexeu o facão como quando estava prestes a cortar a cana-de-açúcar. Na mesma hora, o outro engoliu a saliva e confessou que a menina Anne estava esperando um bebê, mas que ele se casaria com ela.

Azou abaixou o facão e, com um golpe violento, cortou a orelha do albino, que, num átimo, foi cegado pelo sangue. Uma mulher limpou a ferida com uma garrafa de rum e transformou o madras num curativo. Os passageiros, espalhados pela estrada, não disfarçavam o mau humor, em meio à confusão indescritível de uma cesta cheia de aves presas como cachos de uva a uma corda.

Seu Barreau, que foi informado, sentou ao volante e transportou o motorista ao hospital de Fort-de-France. Quando os policiais chegaram, pai Azou já estava longe, floresta adentro. Tia Acé contou o que havia acontecido e prometeu enviar pai Azou. Tarde da noite, seu Barreau foi à casa de tia Acé dizer que o motorista não queria que a justiça se metesse no assunto. Ele tinha medo de que sua *maman-iche*, a mãe dos filhos dele, ficasse sabendo. Tia Acé retrucou: "Com ou sem polícia, de toda forma, vão perceber que ele não tem uma orelha". Mas quando o motorista saiu do hospital, nunca mais voltou ao morro.

A menina Anne tomou o caminho da casa dela chorando. Sua ausência nos afligia. Durante muito tempo, ela compartilhou de nossas brincadeiras, nossas agruras e nossas alegrias. Minha mãe decidiu não a substituir. Ela me colocou em cima de um banco e me ensinou a passar roupa e a lavar vasilhas.

Comecei por queimar a roupa e quebrar os pratos e, depois de ter as orelhas bem puxadas, após duas semanas, eu já não era uma novata em termos de casa.

Logo depois a Estrela do Norte ganhou um companheiro: o Passarinho Azul, Seria a desventura do albino? Os novos motoristas se revelaram comportados e prudentes com as moças do vilarejo.

X

Minha mãe continuava a trabalhar duro; no entanto, se permitiu um pequeno luxo: cultivar um canteiro de flores. Logo ficou florido com cravos, hortênsias e miosótis.

Uma noite, um vândalo passou por ali e estragou todo o canteiro; era Bouliqui, que havia rompido sua corda. Eu não sabia se ficava feliz de vê-lo tão alegre ou se chorava por não haver mais flores.

Minha mãe decidiu mandar abater Bouliqui, que decididamente estava se tornando forte demais. O Natal passou e Bouliqui se comportava bem. Era preciso acabar com aquilo na Páscoa. Enquanto ela formulava seus projetos em voz alta, Bouliqui foi se esfregar entre as pernas dela com um olhar tão humano que ela garantiu nunca mais admitir vê-lo reduzido a chouriço ou a carne assada.

Élisa solucionou a questão dizendo que uma porca tão bem alimentada daria uma ninhada magnífica e que era preciso confiá-la ao pai Azou.

Desde a partida de Anne, eu cuidava cada vez mais das minhas irmãs mais novas e do bebê. Eu havia resolvido a questão em relação ao pequeno Clotaire: fazê-lo dormir assim que minha mãe virasse as costas. Dava banho nele na pia e chá de graviola para ele tomar. Quando terminava de tomar as sopas, o bebê ficava sonolento e eu estava livre. Minha mãe ficava muito impressionada e um dia fingiu estar absorvida no trabalho. Ela viu Armand acendendo o fogo e perguntou se estávamos colocando batatas ou espigas de milho para grelhar.

Respondi que não, e ela teve a curiosidade de olhar o que fervia na panela. Viu uma quantidade de folhas suficiente para adormecer a casa inteira. Quando percebeu que aquela infusão era destinada à mamadeira de seu bebê, nos aplicou um bom corretivo. Naquele dia, Clotaire não dormiu mais antes de anoitecer.

Anne fazia falta, não apenas por causa do meu irmãozinho, mas também pela irmãzinha. Ah, irmãzinha! Até ali, eu mal percebia sua existência, ela vivia fascinada por Anne. Quando foram separadas, ela se tornou agitada e gritava de tristeza ao longo do dia. Seus três anos não compreendiam tanto infortúnio. Ela corria para a entrada da casa quando ouvia uma voz e gritava: "Minha Anne!". Ficava horas plantada na estrada, procurando em vão a desaparecida. Mesmo que mamãe lhe dissesse que Anne voltaria "amanhã", ela não parava de choramingar. Eu a colocava nos braços e, curvada sobre ela, cantava as *biguines** que Anne havia me ensinado. Ela me olhava impressionada e, pouco a pouco, tomou o hábito de me esperar na saída da escola.

Eu ia à missa com Yvette e nossa irmãzinha. Na igreja, éramos colocadas na linha pela temida dona Siméon e às vezes pela dona Casimir, a sacristã. Quando me viam entrar com minhas irmãs mais novas, tinham certeza de que teriam muito trabalho. Yvette começava a jogar no chão sua moedinha destinada à doação. Não há nada mais barulhento do que uma moedinha rolando numa igreja recolhida em oração. Eu baixava piamente os olhos na esperança de passar despercebida. Mas Yvette desejava recuperar a moeda e naquela mesma hora. Ela se acocorava embaixo do banco e tentava abrir caminho por

---

* Estilo musical das Antilhas, surgido no fim do século XIX, a partir do encontro entre a música antilhana, sobretudo o *bèlè*, e a europeia, como a polca. Entre os instrumentos usados para reproduzir as *biguines* figuram bateria, tambor, piano, trombone e clarinete.

entre as pernas das outras crianças, o que causava uma confusão animada no mais alto grau. Dona Siméon pegava a cauda do seu vestido, vinha até o meu banco, cruzava os braços no peito e me fazia um sinal de reprovação com a cabeça. Minhas irmãzinhas paravam, interessadas, e olhavam a personagem, enquanto se agarravam a mim amedrontadas.

Dona Siméon mal se virava e a irmãzinha soltava um "Xixi!" agudo. Era demais! Dona Siméon voltava e me punha de castigo no corredor central, escoltada pelas minhas irmãs. Minha mãe me prometia não as enviar mais à igreja. O padre Wecter passava e a fazia esquecer a decisão. Dizia com sua bondade: "Deixem vir a Ele as criancinhas!". Infelizmente, eu era a intermediária sempre notada, sobretudo porque, quando minha irmãzinha tinha vontade de chorar, chorava em qualquer lugar. Os "Tantum ergo" não a consolavam muito. Eu era obrigada a me curvar discretamente sobre ela para lhe sussurrar, favorecida pelo harmônio que encobria minha voz, uma *biguine* profana.

Além do prefeito, do pároco, dos quatro comerciantes do Morne-Rouge e Élisa, havia três pessoas conhecidas de todos.

Léontine, a corcunda, tinha um metro de altura, uma corcunda verdadeira de nascença e um coração justo como raramente se vê.

Clémence, sem idade determinada, era uma solteirona, outrora professora, a serviço de quem a corcunda havia se dedicado por mais de trinta anos. Dona Clémence quase não enxergava mais. Ela havia se refugiado numa casinha rodeada de goiabeiras e laranjeiras, na Rue Lucie. Dona Léontine cuidava das tarefas domésticas, ia buscar água na fonte, a quinhentos metros de distância. Enchia seu recipiente e nos chamava com uma voz anasalada para saber quem iria acompanhá-la. Ela voltava escoltada por um bando de crianças. Sabiam que dona Clémence tinha sempre bengalinhas doces de Natal para distribuir, apesar de sua aparente pobreza. Os meninos se esgueiravam silenciosamente pelo pomar. O barulho das folhas e dos frutos caindo fazia dona Clémence pestanejar. Ela balançava a cabeça com indulgência.

A corcunda, por força do hábito, acompanhava a companheira à igreja aos domingos. Dona Léontine começava a falar disso desde a véspera; era o evento essencial da vida dela, que se renovava a cada semana. Ouviam-na repetir: "Amanhã, levo a patroa na missa".

Elas iam uma se apoiando na outra. A corcunda pensava que servia de apoio a Clémence; com os cabelos brancos e os passos hesitantes delas, ninguém sabia qual precisava mais da outra.

O resto do tempo, dona Clémence passava na cadeira de balanço, pois seus reumatismos a impediam de caminhar com a mesma frequência de Léontine. Ela repreendia sua fiel empregada por conversar demais com Dodo.

Dodo era a terceira dessa tríade do bairro. Ela era muda, mas não era surda. O que a permitia ter longas conversas com Léontine, coisa que tinha a particularidade de deixar dona Clémence furiosa. Dodo também era lavadeira. Ela colocava sua cesta de roupas de cama diante da porta de dona Clémence e soltava um som gutural. Num passo apressado, Léontine vinha até ela. À sua maneira, Dodo contava o que estava acontecendo a Léontine, que a interrogava. Isso tomava um tempo infinito, pois era preciso que as sílabas emitidas fossem acompanhadas de um mundo de gestos. Ela fazia mímicas como ninguém. Léontine, que tinha o pescoço enfiado nos ombros, levantava a cabeça curiosamente para observá-la. Quando dona Clémence julgava que a conversa já havia durado o suficiente, arrumava um pretexto para chamar Léontine.

Dodo era alta e forte. Equilibrava cestos enormes de roupa na cabeça. Quando achava que Léontine iria embora, se abaixava para abraçar a velha amiga, pegava seu fardo com presteza e partia com passo ágil.

Acontecia de ela nos encontrar pelo caminho. Apesar da proibição de nossos pais, ao vê-la, gritávamos: "Dodo, *ababa*!".* Tais palavras eram acompanhadas de uma fuga desesperada. Dodo ficava furiosa, seu balbuciar se tornava apressado e os movimentos bruscos dos braços lhe davam um ar assustador.

Para afastar os fantasmas, além das garrafas de álcali que ela abria à noite, na hora do Ângelus, Élisa havia recentemente arranjado um cachorro. De nascença, o corpo dele era completamente pelado. Entre os olhos marrons, alguns fios amarelo-avermelhados constituíam seu único adorno. Tinha o aspecto de uma estátua de bronze, sempre de pé sobre suas patas finas, e parecia muito infeliz. Élisa o chamou de Mily. Todos os cães de guarda que havíamos tentado criar na nossa área tinham morrido misteriosamente. Minha mãe acusava os parasitas, mas tia Acé estava convencida de que era mau-olhado de seu Parfait. Desde que Élisa trouxera Mily de uma de suas peregrinações ao vilarejo do Prêcheur, havia paz. Ouviam-no latir furiosamente à noite, mas nada nem ninguém se aproximava das três casas. Eu não gostava muito de Mily; eu o repreendia por não ter pelo e sua pele enrugada me dava nojo. Élisa dizia que, tal como era, podia ver coisas que os humanos não conseguiam enxergar. Para ela, era o cachorro ideal.

Mily nos seguia para todo lado, apesar das provocações às quais o submetíamos ao longo do dia. Ele mostrava os dentes toda vez que a galinha-mãe passava ao seu alcance. Já a galinha inflava as penas e cacarejava raivosamente. Por fim, ela abandonava o galinheiro. Não sabíamos onde ela iria botar ovos. Ela saía de trás da cerca de bambu cantando vitória. Tinha talento para despistar nossas buscas. Ao ouvi-la, Mily disparava como uma flecha em sua direção, deslizava entre os

---

* Termo antilhano que significa mudo(a).

sabugueiros, ressurgia no mato e voltava alguns minutos depois balançando a ponta da cauda, com olhar satisfeito.

Esse comportamento nos intrigava. Nesses momentos, a galinha parecia esquecer o medo instintivo do cachorro; corria na direção dele com o bico vingativo e as asas abertas. Minha mãe resolveu esclarecer o que estava acontecendo. Antes da hora de botar os ovos, ela amarrou em volta de uma das patas da galinha uma cordinha e nos autorizou a segui-la. O animal tentou primeiro se livrar da amarração e, como não conseguiu, apesar das fortes bicadas, admitiu-se derrotado. Partiu assim equipada a seu encontro habitual. Ao longo do caminho, se enroscava nas árvores. Com um salto, um de nós a libertava dos cipós que se agarravam à cordinha. A galinha, sabendo que estava sendo seguida, tentou nos despistar. Nos escondíamos dos seus olhares. Tranquilizada, ela retomava seu caminho. Por cinco ou seis vezes, repetiu a manobra. Por fim, se enfiou em uma cerca de bananeiras. Como a extremidade da cordinha não se movia mais, compreendemos que havia parado para botar os ovos. Deitados na grama, esperamos sem fazer barulho que a galinha saísse do esconderijo. Não demorou. Ela começou uma grande confusão, pontuada por cacarejos vitoriosos. Rapidamente a alcançamos. Em um ninho aconchegante de folhas de bananeira, havia um ovo fresco. Havia também Mily, surgido sabe-se lá de que moita. Ele cheirava o ninho e latia com desapontamento. Soubemos então o motivo da briga permanente que opunha a mãe galinha a Mily, que vinha comer os ovos dela.

Não víamos mais dona Casimir em Lourdes. Podíamos brincar em paz aos pés da Virgem e perseguir os caranguejos até suas tocas. No vilarejo, diziam que dona Casimir não tinha pele; ela a teria retirado para se transformar em mula, e um de seus amigos, feiticeiro astuto, a havia pegado e temperado numa cabaça. Quando ela voltou para casa de uma caminhada noturna, quis recolocar o envoltório humano, mas havia constatado que era muito dolorido. A partir daí, ouviam-na gritar de dor quando passavam perto de sua casa. Alguns raros companheiros a visitavam.

Por sua vez, seu Parfait passeava pelo vilarejo com um homem que tinha uma incrível semelhança com ele. Quando passavam, as pessoas se afastavam com prudência.

Eles perceberam o temor que inspiravam e zombavam sinistramente disso. Uma tarde, Élisa nos reuniu em torno de um saco de milho fresco colhido que precisava ser selecionado. O trabalho consistia em pôr as espigas secas de um lado e as tenras em uma bandeja que ela iria vender. Élisa tinha uma vara de bambu e batia em cada um que plantava os dentes impacientes nas espigas leitosas.

De repente, Mily, que assistia a esse trabalho, parou, cheirou o ar e arrepiou o único tufo de pelo que tinha. Eu lancei uma espiga nas costas dele. Não gostava de vê-lo assim "sondando" o espaço. Ele soltou um grunhido de pavor e se escondeu atrás de Élisa. Calmamente, ela se levantou do banco, fez o sinal da cruz e disse: "Não é a sua espiga que fez ele se esconder, tem outra coisa".

De fato, seu Parfait e o amigo, os dois segurando bengalas longas, faziam as pedras do caminho rolarem sobre seus passos.

Élisa foi ao encontro deles acompanhada da criançada, encorajada pela presença dela. Eu segurava um pedaço de seu vestido e me inclinava um pouco para ver o homem que sempre me fazia fugir.

"Você sabe por que eu venho. Você pode fazer alguma coisa por dona Casimir. Preciso falar com você, manda as crianças embora."

Por nada nesse mundo nos afastaríamos de Élisa, que nos servia de escudo. Ela se deu conta disso: "Tudo que tiverem pra me dizer pode ser ouvido por elas. Sei o que vocês dois querem, mas não posso fazer nada. Eu ouço ela chamar, rezo por ela, é tudo que posso fazer".

Élisa colocou os punhos nos quadris e acentuou: "Viva bem para morrer bem".

Seu Parfait cuspiu e se retirou com o amigo, sem pronunciar palavra. A serenidade de Élisa os deixou furiosos. O homem bigodudo grunhiu: "É assim? Vocês todos vão ver, vão ver!".

Mily avançou para cima dele e o mordeu.

"Ah, é desse jeito? Vocês mandam o cachorro! Animal maldito, você não vai morder mais ninguém!"

Minha mãe, que via a cena de longe, veio tremendo nos arrancar da saia de Élisa.

Dona Casimir morreu. As fofoqueiras diziam que o corpo dela havia desaparecido da cama, que, no caixão, seu Parfait tinha colocado um tronco de bananeira para enganar as pessoas.

Suspiravam de alívio, pois os gemidos dela haviam emocionado até os mais duros. Apenas Élisa não estava totalmente satisfeita, e ela tinha razão. Sem doença aparente, Mily não quis mais comer; ele corria para se esconder e latir para a lua. Élisa o enchia de suco de ervas e pensava que um espírito o havia possuído, às vezes ela batia nele. Uma noite, ele gemeu mais que o normal e o encontraram morto no dia seguinte, mais azulado que nunca. Élisa chorou a morte do companheiro e avisou nossos pais.

O medo voltava a habitar nossa área. Élisa afirmava que ela havia preservado as três casas da região. Ela nos fez usar escapulários da Virgem. Numa manhã, colheu goiabas em frente a nossas casas.

"Elas estão envenenadas, não toquem!"

Eu nunca tinha visto frutas tão tentadoras e, se não as comi, é porque não as vira antes.

Antes de ir para a cama à noite, tínhamos a missão de limpar nossos pátios, e esse trabalho nos agradava. Cada um varria minuciosamente a terra batida que tomava o aspecto de piso encerado. As mínimas folhas levadas pelos ventos alísios se destacavam em relevo no chão. O feiticeiro, ao passar, nos observava, com seu velho chapéu, tão afundado que ele parecia ainda mais perturbador e malévolo.

Para fabricar nossas vassouras, arrancávamos arbustos sólidos, bem densos e fáceis de amarrar. Havia deles para todo lado, mas os mais folhudos ficavam à beira de um terreno de bananeiras que desaparecia sob os cipós. Minha mãe sempre dizia para não nos demorarmos por ali, porque a grama era muito alta. Quando ia nos buscar, guiava-se pelos barulhos de nossas risadas. Aquela região nos agradava. Apesar das recomendações, voltávamos lá. Uma vez, Armand viu um cipó tão grosso como seu braço e o mostrou para nós do alto de uma bananeira.

"Tem que pegar pras meninas", disse Hurard.

Eu pulei de alegria: com aquele cipó, eu poderia brincar por mais de uma semana. Hurard e Fred se apoiaram no tronco para inclina-lo, enquanto Armand e eu tentávamos pegar aquela corda que parecia tão lisinha. Quando íamos alcançar nosso objetivo, Léonie deu um grito que nos fez parar na hora.

"A corda está mexendo! A corda tem uma cabeça de sapo!"

De fato, sob nossos olhos arregalados, uma enorme cobra venenosa começou um movimento de descida. Foi um salve-se quem puder geral. Élisa veio ao nosso encontro. Ela examinou a área e decretou que a serpente não devia estar sozinha.

Alguns dias mais tarde, os homens tacaram fogo no mato. Expulsos pelo calor, toda uma ninhada de bichos horrorosos fugiu rastejando terrivelmente. Sonson cortou depressa as cabeças deles e as mergulhou num pote de rum. Levou-as em seguida ao posto florestal mais próximo para ganhar uma recompensa.

Seu Parfait estava consternado. Ele continuava a apontar a bengala na direção de Élisa. Ela nos recomendava dizer baixinho palavras de renúncia quando ele passasse. Hurard achou que, para ser mais eficaz, devia ficar bem debaixo do nariz do homem horrível e repetir as palavras de sua mãe. No lugar de se esconder quando encontrava seu Parfait, corria para lhe lançar em plena cara: "Eu renuncio a Satanás, a suas pompas e obras!".

A princípio, surpreso com tamanha ousadia, girou sua bengala e lançou palavras incompreensíveis que terminou com um terrível: "Pois bem! Não acabou, não acabou de jeito nenhum!".

De fato, não havia acabado. Uma noite, Sonson, marido de Élisa, voltava do trabalho e esbarrou num galho de bambu. Ao tentar evitá-lo, pisou com os pés descalços na grama alta e se picou com não se sabia o quê. Voltou para casa mancando e disse a Élisa que um espinho havia certamente entrado em seu calcanhar e que sentia muita dor.

Élisa tirou as cartas dela, chamou minha mãe e entrou num transe sentada em seu consultório. Um instante depois, retornou a si, desgrenhada.

"É preciso agir depressa", disse, "Sonson tem tétano e o pé já está apodrecendo. O espinho que furou ele estava 'preparado'."

Num espaço de algumas horas, a perna de Sonson havia passado do vermelho ao violeta. Élisa amassava folhas e fazia emplastros. Seu Sonson delirava. Os vizinhos, que chegaram correndo, diziam a Élisa para transportá-lo urgentemente ao hospital. Élisa reiterava obstinadamente que seu homem jamais teria tempo de chegar vivo a Fort-de-France.

Ela arrumou seu madrás ao redor dos quadris, puxou a saia e disse: "Tirem as crianças daqui!".

Minha mãe nos levou para casa e voltou para a casa de Élisa. Tarde da noite, eu a ouvi conversar com a mulher do padeiro. Ela dizia que Élisa havia feito bem em remover o sangue podre da perna de Sonson. Ele ficaria doente, mas viveria.

Algumas semanas depois, seu Sonson, emagrecido, apoiando-se numa bengala, andava com dificuldade sob o sol. Ele tinha um curativo que lhe cobria toda a tíbia. Eu lhe perguntei se o espinho era grande. Ele respondeu que haviam feito um buraco na perna e cauterizado a ferida.

Élisa acreditava que seu Parfait havia colocado no caminho do marido aquele espinho envenenado. Ela acreditava também que seu Parfait estava no fim da vida e que, em breve, estaria ardendo no inferno.

Suas previsões se realizaram. Encontraram o feiticeiro desmaiado ao pé do vulcão. Fazia dois dias que ele havia desaparecido. Os lenhadores o levaram para a casa dele. Ele tinha uma estaca enfiada no ombro.

"Ele se foi", disse Élisa, ao fazer o sinal da cruz.

O padre Wecter, chamado para confessá-lo, retornou horrorizado para o presbitério. Em voz alta, o penitente havia lhe confessado coisas tão horríveis que ele não conseguiu absolvê-lo. Quando a família deu a notícia da morte, a comunidade se sentiu viva novamente.

Sonson, por fim curado, mostrava sua ferida cicatrizada e proferia palavras de perdão.

XI

Tia Acé havia passado suas belas roupas e as colocado num cesto caribenho; também havia colhido um grande cesto de flores no vilarejo. Depois, pediu a minha mãe que nos mandasse à sua casa no domingo para ver se estava tudo bem, pois ela estaria na cidade. Havia sido convidada para um casamento.

Não foi uma boa ideia. Minha mãe nos enviou, Armand e eu, para cumprir essa missão, pensando que os dois estariam de volta rápido. Armand era sério e eu o obedecia, mas me entediava ficar sozinha com ele, que andava como um soldado. Tinha consciência da sua responsabilidade quando acompanhava as irmãs. Eu o convenci de que Hurard e Fred deveriam vir conosco. Ele os chamou perto da igreja. A missa acabara de terminar e a criançada brincava no caminho de volta. Fred e Hurard reuniram uma meia dúzia de meninos e meninas, que se voluntariaram para atravessar os dois quilômetros que nos separavam da propriedade de tia Acé. Todo mundo corria pensando nos pés de cana-de-açúcar que protegiam o pomar. O que haveria de melhor do que canas-de-açúcar colhidas na hora?

Cobrimos o abrigo do porco de grama e o viveiro dos coelhos ficou cheio de *lataignes** cheirosas. Terminada a tarefa, houve uma incursão por entre as canas, pois cada um queria se apropriar daquela que lhe parecia mais macia ou mais

---

* De acordo com informações da família Ega, *lataignes* são plantas típicas das Antilhas. Antigamente, eram usadas como alimento para animais de estimação, como coelhos e porcos.

suculenta. Saciados, nos sentamos debaixo de um abacateiro. Levantei a cabeça e vi um fruto oval no fim de um galho. Pedi a Armand que o colhesse para mim para acompanhar o almoço. Ele devia estar maduro. Armand me mostrou os lugares onde aqui e ali o vento havia jogado abacates que acabavam de amadurecer.

"São os melhores, a gente só precisa pegar eles."

Os chapéus *bacois* ficaram cheios. Eu queria um abacate que estava dependurado a vários pés do chão. Tomei a direção das operações e falei aos meninos que minha tia ficaria muito contente se balançassem a árvore; seria menos trabalho para ela. Armand só pôde assistir, impotente, à correria das crianças. Logo os abacates caíram com um baque surdo na grama. Só sobrou o meu na ponta de um galho, como se zombasse de mim.

Satisfeitos, os meninos juntaram todas as frutas brilhantes ao sol. Eu observava Armand extraindo as nervuras de uma imensa folha seca de coqueiro. Calmamente, ele fazia estacas. Aproximou-se em seguida do monte de abacates e nos pediu para lhe dar aqueles que não estivessem maduros, fixou-os nas estacas e os pôs no chão.

"Isso vai formar um rebanho de ovelhas", disse.

Logo cada um de nós quis ter seu próprio rebanho de ovelhas.

Pai Azou, que passava por ali, gritou de longe:

"Ei, criançada, tudo bem?"

"Sim", respondeu em coro o bando, "estamos catando grama pros coelhos."

Essa mentira nos trouxe de volta à realidade. Talvez tia Acé ficasse feliz por termos colhido os abacates, mas talvez ficasse brava de os ver transformados em ruminantes? Essa ideia nos fez dar meia-volta mais rápido e, péssimos pastores que éramos, abandonamos as ovelhas e voltamos para casa.

Alguns dias depois, tia Acé retornou de Fort-de-France e não pôde deixar de constatar os danos. Pai Azou a informou: os sobrinhos dela tinham vindo colher grama para os coelhos e ele os vira embaixo do abacateiro.

Ela chegou com o madras pelo avesso e os punhos cerrados sobre os quadris, sinais de nervosismo. Como que por encantamento, Armand e eu encontramos o que fazer longe da raiva dela:

"Foi pior do que um ciclone", vociferava ela, "pior do que um rio transbordando, esses Átilas em miniatura estragaram a plantação de abacates, enfiaram palitos de coco até nos caroços, e está tudo apodrecendo debaixo das árvores com as cascas de cana. Onde é que eles estão, esses bandidos?"

Surpreendida por tal explosão, minha mãe veio nos buscar na casa de Élisa e nos obrigou a contar o que havia acontecido.

Nosso relato era o tempo todo interrompido pelas exclamações de tia Acé: "Meu Deus, Senhor!".

Ela nos pegou pelas orelhas e disse a minha mãe que estava nos levando para limpar seu quintal, que parecia com as redondezas de uma usina de açúcar com todas aquelas folhas de cana espalhadas. Durante o caminho, ela afrouxou a pegada, enquanto se informava sobre o cataclismo. Depois de alguns minutos de caminhada, sua raiva havia visivelmente passado.

Quando chegamos à sua casa, ela estava no meio de uma história que havia começado assim: "Quando eu era pequena...". E, depois, considerando os abacates, murmurou: "Mesmo assim, valem quinze centavos cada".

Ela nos ajudou a limpar o pátio e entendemos que estávamos definitivamente perdoados quando ela anunciou: "Eu trouxe bengalinhas doces pra vocês".

Uma chuva fina caía sem parar. Mas isso não acalmava a febre que tomava o país. O guarda batia seu tambor e lançava avisos à população. O prefeito mandava pregar cartazes nos postes telegráficos. Era preciso contorná-los para conseguir ler direito. Esses papéis amarelos e vermelhos davam um ar estranho aos postes administrativos. Conversas cochichadas ocorriam de casa em casa. Subitamente, vizinhos que viviam em boas condições descobriam mil defeitos uns nos outros.

A razão dessa efervescência era a chegada iminente dos futuros candidatos a deputado. Eles vinham fazer uma rodada de propaganda. Tia Acé dizia que um capitalista horrível estava pouco a pouco deslocando os limites de suas terras. Mesmo a pacata Élisa andava atormentada. Ela assegurava que seu marido acabaria por ter a cabeça cortada pelos emissários de algum político que ele não respeitava. Os homens bebiam mais álcool que de costume. Saíam do trabalho mais cedo e vinham papear na praça da igreja. Minha mãe prestava atenção na mulher que trabalhava nos Correios, pois sempre estava a par de tudo. Ela terminava sua ronda bem tarde, querendo informar a todos sobre os eventos que estavam para acontecer.

"Sim", anunciava ela, "vamos receber deputados que vêm aí. Vai ter pra todos os gostos, pra quem é a favor e pra quem é contra. As coisas vão se movimentar por aqui!"

Pai Azou estava contente. Ele dava longas baforadas no cachimbo, tirava, com ar de arrogância, o chapéu de palha normalmente enfiado até as orelhas. E dizia: "As mulatas estão aqui, ai ai ai! Vão falar palavras bonitas em francês!".

A prefeitura havia ganhado ares de festa, as janelas estavam ornadas com guirlandas de buganvílias. As crianças corriam em volta dos arcos do triunfo e as mulheres tentavam adivinhar o tema da conferência que o futuro deputado faria.

Finalmente, eles chegaram debaixo de uma forte chuva. Os avisos à população colados nas pilastras começavam a se descolar. Homens bêbados entoavam uma *biguine* composta para a ocasião.

Minha mãe havia prometido nos levar para ver a causa de toda essa confusão. Pena! O mau tempo nos obrigou a ficar em casa. Adormeci sonhando, Deus sabe por quê! Pessoas batiam no peito falando do "outro país".

No dia seguinte, seu Sonson, pai Azou e o padeiro conversavam sobre os eventos memoráveis da véspera. Perto da fonte, a conversa ia longe. Pai Azou dizia "que elas tinham falado muito, aquelas mulatas!". Sonson retorquia que Azou não havia escutado nada, já que tinha bebido rum demais, distribuído gratuitamente naquela ocasião.

Furioso, pai Azou desmentiu essa afirmação. Ele não estava bêbado e havia escutado tudo. Inclusive, veio pedir à minha mãe a explicação de uma frase ou de uma palavra que não havia entendido. Os dois outros homens, intrigados, chamaram minha mãe. Pai Azou, sob o olhar curioso das crianças, revirava o chapéu nas mãos calosas e, com um ar inspirado, pôs tudo para fora: "Eu escutei 'corrompido'. O que isso quer dizer?".

Minha mãe pareceu envergonhada, mas respondeu mesmo assim: "Quer dizer 'se Deus quiser', é, é isso mesmo: 'se Deus quiser'".

Sonson pareceu surpreso: "Eu pensava que queria dizer a mesma coisa que ele disse no início: 'porco vil'".

Os dentes brancos de pai Azou desenhavam em seu rosto toda a alegria dos bem-aventurados de espírito. Ele saiu satisfeito. Com calma, minha mãe procurou no dicionário a palavra famosa. Ao percorrerem as páginas amarelas, seus dedos pararam de repente. "Pra que procurar? Os políticos devem ter um dicionário à parte."

Assim, o assunto foi resolvido. Resolvido para os adultos, mas não para as crianças. Fomos brincar de deputado. Pendurados na fonte ou nos equilibrando nas dracenas-vermelhas, cada um de nós declamava frases em francês. O ritual começava pelo que havíamos escutado no sermão de domingo, misturava-se a nossas últimas aulas de história, tropeçava numa poesia e terminava invariavelmente com "porco vil".

Era o ponto alto, pois todos sabíamos que isso queria dizer "paquiderme horroroso". Esse termo nos deixava enfurecidos e desencadeava uma briga geral que só se acalmava com uma chuva familiar de palmadas.

XII

Depois das eleições, nossas escolas receberam mapas geográficos. Afixados nas paredes, entre os vasos de bambu recheados de hibiscos, eram o centro das minhas preocupações e dos meus sonhos. Um deles, com estradas de ferro, me fascinava. O círculo preto de onde saíam as patas da aranha tinha um nome mágico: Paris! Ele se alargava na minha cabeça, tomava dimensões fantásticas. Eu via governantes com capacetes brancos, oficiais de ouro saindo de palácios brilhantes; mulheres brancas e loiras como fadas com enormes chapéus de renda, caminhando nas ruas sem pedras, margeadas por calçadas pavimentadas de prata.

Também via a neve cair. Eu a imaginava como nuvens brancas e rosa se balançando num céu mais azul que o do meu país. Esse mapa me fazia perder o apetite. Eu falava dele com minha mãe ao voltar da escola. Ela me explicava que as patas da aranha levavam trens, carros bem mais longos que a Estrela do Norte. Era muito difícil compreender, especialmente porque Hurard pensava que se tratava de uma espécie de acordeão gigante e Armand aumentava meu desespero ao falar sobre "vapor". Pessoalmente, eu via vagões cantarem pelos caminhos cheios de passarinhos assobiadores.

Minha mãe não se vestia mais de preto dezesseis horas por dia. Ela estava de luto pela metade. Sua silhueta delgada continuava a se delinear entre a horta, a igreja e a casa. Como luxo supremo, colocou em casa uma cadeira de balanço. Podia repousar a nuca cansada nas noites de vigília quando pregava montanhas de botões. No vilarejo, diziam: "*Fout femme-là ni cœur!*".*

Pacientemente, ela mandava consertar a casa. Ora era preciso suspender uma chapa do telhado para espantar os ratos que vinham morar entre o forro de madeira e o telhado de metal. Ora era preciso reforçar a estrutura, e, sobretudo, travar uma guerra contra os cupins. Após uma simples pancada de chuva, no espaço de uma noite, esses insetos começavam a construção de túneis. Essas larvas minúsculas tinham um poder de destruição tão grande que era preciso estar sempre alerta.

De vez em quando o vento do Norte despregava uma chapa de metal e dava para saber pelo barulho infernal que então se produzia. Minha mãe subia no telhado depois de colocar umas pedras grandes dentro de um balde que ela puxava com a ajuda de uma corda. Arrumava a chapa recalcitrante, dizendo ao mesmo tempo que suas próximas economias seriam destinadas ao telhado. Pouco a pouco, uma se transformava em várias! Finalmente, um belo dia, mamãe teve dinheiro suficiente para chamar o carpinteiro. Depois do trabalho, ele recolheu seu pagamento e disse, ao enxugar as têmporas grisalhas:

"Minha filha, você não pode ficar assim sem um homem. Daqui a um tempo, você vai precisar recomeçar a vida. O vento sopra muito aqui, você vai precisar sempre de viga para trocar a estrutura e nunca vai conseguir juntar as duas partes sozinha. Conheço um viúvo que está procurando uma mulher. O chato é que ele tem filhos. Ô se tem! Muitos!"

Minha mãe respondeu que ela não queria padrasto para os filhos, que continuaria a costurar, consertar e pregar enquanto tivesse braços.

---

* "Que mulher corajosa!", em crioulo martinicano.

"Além disso", esclareceu, "não são os meus pobres braços que fazem tudo isso sozinhos, não, o pai deles me dá coragem, eu tenho certeza."

Não convencido, o carpinteiro foi pedir conselho a Élisa.

"Traz o homem um dia desses", disse, "meu marido conhece ele, são do mesmo morro."

Num domingo, após a missa, o pretendente chegou montado num cavalo ruivo, usando um terno de brim branco engomado e com um chapéu-panamá orgulhosamente enfiado na cabeça.

Minha mãe tinha nos avisado que um senhor viria à casa de Élisa para tentar convencê-la a se casar novamente. Durante toda a noite, não preguei o olho. Eu tinha avisado os meus amiguinhos e havíamos preparado um dispositivo de combate caso o homem conseguisse ocupar um lugar em nossa casa. Hurard decidiu que tiraríamos as ferraduras do cavalo dele. Quanto a Armand, sugeriu salgar demais a sopa e jogar estrume bem no rosto dele.

Hurard veio nos avisar da chegada dele à casa dos pais. O homem não prestava atenção em nós, podíamos encará-lo de todos os ângulos. Só tinha olhos para minha mãe, que havia ido para a casa de Élisa. Às vezes, ele dava uma olhada distraída para as botas envernizadas. Hurard cochichava que ele devia estar sentindo dor nos pés. Bem feito!

Num certo momento, disse: "Que moça bonita! Tudo que eu precisava".

E falou com satisfação sobre seu canavial, sobre a plantação de banana e sobre um barranco onde crescia baunilha. Vangloriou-se dos méritos de seus dez filhos e concluiu: "Estou falando sério e seus filhos vão viver bem comigo".

Ao dizer isso, procurou-nos com os olhos. Uma corrida desenfreada o avisou de que tínhamos ouvido e que manifestávamos nossa sinceridade ao fugir como gazelas. Ele passou as mãos no bigode pontudo com ar constrangido. Minha mãe estava sorridente e decidida.

"O senhor veio até aqui", disse ela, "contra a minha vontade. Jurei ficar sozinha com os meus filhos. Deus dá o frio conforme o cobertor. Eu nunca ia suportar outro homem na minha casa. Eles são selvagens, meus filhos, olha como se escondem atrás das dracenas-vermelhas."

Sonson tentou convencê-la. Élisa achava que ela precisava pensar sobre a proposta. O homem, desorientado pela obstinação de minha mãe, pegou o cavalo e foi embora. Percebeu que sabíamos falar quando ouviu, atrás dele, "Upa, cavalinho!", entoado por toda a criançada. Élisa acompanhou minha mãe e concluiu: "Iam ser dezesseis pequenos infelizes!".

No domingo seguinte, Sonson tomou o rumo do morro de onde tinha vindo seu companheiro e disse a ele para não insistir. E o assunto foi esquecido!

A vida no Morne-Rouge transcorria lenta e pacificamente. Minha mãe aumentava sua horta e fazia planos irrealizáveis. Ela compraria caixas grandes de embalagem algum dia em que fosse à cidade e algumas dezenas de pregos. Faria assim um cômodo a mais. Quem sabe pudesse até arrumar um inquilino? Élisa a observava e murmurava:

"Pobre de você, Délie! O Bom Deus não faz o que a gente quer. Tenho a impressão de que, antes do fim do ano, vamos todos ser dispersados aos quatro ventos!"

Minha mãe, que já havia chorado tanto, tido tanto medo, lhe dizia para não destruir sua esperança com seu pessimismo. Voltava-se para seus pés de alface ou desviava pela centésima vez o canal de sua plantação de agrião.

Élisa não desistia, dizia que a corrida atual dos cardumes de peixes à superfície, perto da costa, era um mau sinal. O fundo do mar estava fervendo, afirmava ela.

De fato, nunca se tinha visto tantos garapaus, peixes-voadores, peixes-agulhas e outros habitantes marinhos. Por dez centavos, as vendedoras de peixe nos enchiam cabaças inteiras. Elas batizavam suas mercadorias de "família numerosa" e, rindo, chamavam os fregueses. Esses peixes prateados, que amedrontavam Élisa, faziam a alegria de todos. Ela não os comia e me dizia que ouvia barulho saindo de dentro do vulcão. Eu esticava a orelha, e não distinguia o menor ruído. Ela consultava cada pedra da estrada e observava cada folha pelo caminho. Os amigos se apiedavam dela e minha mãe lhe aconselhava repouso. A mulher do padeiro achava que Élisa havia tomado o caminho da loucura. Só seu Sonson, marido dela, não tinha perdido a confiança nela. Nesse ponto, era categórico: "Minha mulher vê", dizia.

Mas quem iria dizer à minha mãe, que fazia planos para o futuro enquanto costurava e cuidava do jardim, que era preciso estar sempre alerta? Durante as visitas aos fiéis, o padre Wecter sempre parava em frente à nossa porta e lhe dirigia palavras de encorajamento. Ela lhe mostrava com orgulho seu último canteiro de miosótis ou o tamanho incrível de seus chuchus.

Bouliqui tinha dado cria e minha mãe, ainda por cima, havia ganhado um leitãozinho, e, desde as últimas eleições, as famílias passaram a receber um auxílio no final de cada trimestre. As mulheres tomavam alegremente o caminho de Saint-Pierre, onde recebiam o dinheiro. Elas iam a pé por medo de que os dois ônibus estivessem cheios demais nesses dias. Seus pés descalços traçavam um sulco regular de cada lado da estrada. Elas paravam para aplacar a sede ou acalmar os pés fissurados pelas asperezas do caminho e pelas centenas de quilômetros que haviam vencido desde que vieram ao mundo.

Em suma, tudo ia bem. Então por que Élisa insistia em alimentar a melancolia?

Novamente, houve distribuição de prêmios. O diretor havia assegurado à minha mãe que Armand tinha sido agraciado.

No ano seguinte, ele teria seu diploma do primário. Para nós, gente humilde, era o começo da glória. Íamos repetindo essas previsões. Minha mãe, agarrada a essa esperança, agarrada a essa casa que ela consertava tábua por tábua, dia após dia, agarrada a seu pedaço de terra, estava a ponto de se zangar com Élisa, que predizia que tudo poderia muito bem ter um fim.

Como que para desafiar a má sorte, minha mãe se sobrecarregava de trabalho. Quando a estrela da manhã desaparecia atrás dos morros, ouviam-na em meio às galinhas: "Ti, ti, ti…"; e à noite, na hora em que o Cruzeiro do Sul e os vaga-lumes se desenhavam no céu, ela ainda estava debruçada no trabalho.

Ela nos falava do tempo feliz quando então seríamos grandes; nós, meninas, seríamos vendedoras de lojas e o menino, professor de escola ou sargento como o pai. Para realizar esses projetos grandiosos, era preciso que ela, a mãe, fosse como um pilar ao qual se agarrariam, durante um quarto de século, doze mãos desajeitadas. E para que sua força moral permanecesse sólida, ela precisava da segurança do seu telhado de zinco sustentado por pedras, do barulho familiar da fonte, do som da hora do Ângelus, da silhueta do padre e até mesmo do medo de fantasmas.

O tempo corria e as férias eram ensolaradas. Os veranistas percorriam a estrada ao longo do dia e conferiam uma nota insólita ao vilarejo. Como a festa anual da comunidade devia ocorrer em setembro, já atraía os animadores habituais, a saber, o construtor de barracas e o homem do carrossel.

Minha mãe fazia vestidos de crepe Ophélia para as moças e paletós estilo martingale* para os rapazes. Durante a tarde, os adultos observavam os pequenos rodarem num carrossel

---

* Paletó elegante, geralmente de inspiração europeia e usado pelos *békés*, em que o corte é ajustado à cintura.

que um homem havia fabricado ele mesmo e, à noite, depois da batalha de confetes, os mais velhos e os meninos disputavam os lugares perto das janelas da escola para ver os mais jovens dançarem. Eu só pensava nisso.

Aquele famoso domingo de setembro, finalmente, chegara. No momento em que todo o vilarejo corria para assistir a um *laghia*,* Élisa tomava o caminho da igreja.

"Eu sei, hoje só vai ter as velhas *békés* de luto, mas eu vou à igreja. Não é hora de festejar."

Ela saiu sozinha com a cabeça pendida sob o peso de pensamentos sombrios.

Ao entardecer, minha mãe veio nos arrancar do carrossel que rodava ao som do tam-tam. Era preciso voltar para casa porque as galinhas haviam subido para suas árvores para passar a noite. Com desgosto, deixei o lugar onde acontecia a festa. Eu olhava o grupo com suas roupas de domingo, que se preparava para o baile. Eu queria muito ver aquilo, um baile! Minha mãe prometeu me deixar ir no ano seguinte quando nosso luto teria terminado e seríamos maiores. Tia Acé nos acompanhou por toda a estrada, cantarolando a última *biguine* que o homem do carrossel havia propagado pela vila.

Naquela noite, sonhei que o tam-tam ressoava, ressoava! Que o carrossel rodava, que todos dançavam e gritavam. O barulho do meu sonho me despertou. No entanto, escutava ainda o som rouco do tambor. Esfregava os olhos para me convencer de que eu não estava mais dormindo e me curvei sobre a cama onde meu irmão repousava. Puxei seus cabelos para que acordasse mais depressa.

"Está ouvindo, o tam-tam está aqui na porta?"

* Termo de origem desconhecida que remete a uma dança martinicana em que dois homens simulam um violento confronto corpo a corpo. É geralmente representada em velórios.

O som se amplificava, tornando-se um imenso clamor. Meu irmão se virou e enfiou o nariz no travesseiro: "Cala a boca, é um fantasma que está passando por aqui".

Minha mãe conversava. Percebi que ia abrir a porta para tia Acé e Élisa. Corri atrás dela seguida pelo meu irmão e pelas minhas irmãs, que haviam finalmente acordado. Nervosamente e em vão, minha mãe tentava acender uma lamparina a óleo. Suas mãos tremiam tanto que os fósforos se apagavam à medida que ela os esfregava contra a caixa. Por fim, abriu a porta. Élisa murmurou: "Coragem, Délie, o vulcão explodiu!".

Minha mãe olhou para o céu, se ajoelhou na terra rugosa e úmida de orvalho, fez o sinal da cruz, ergueu os braços em direção às nuvens avermelhadas e gritou: "Meu Deus, por que você fez isso com a gente?".

Com o madras desarrumado, tia Acé tinha perdido sua loquacidade. À luz da tocha carregada por seu Sonson, que havia se juntado a nós, eu via lágrimas silenciosas inundarem o rosto dela.

Diante do monte Pelée, as pessoas fugiam desordenadamente. A maioria saía de bailes, desesperadas. Nas vilas dos *békés*, os motoristas negros giravam os volantes dos Ford e Chevrolet dos patrões. Mulheres e crianças com trouxas nas costas e cestos caribenhos na cabeça atravancavam o caminho. Os homens chicoteavam à frente deles animais amedrontados pela noite. Os grunhidos dos porcos se misturavam aos lamentos das mulheres.

A mulher do padeiro discutia com o marido. Ela havia arrumado a louça numa bandeja no calor da emoção e tinha se esquecido de pegar as roupas das crianças. O marido contava e recontava as crianças. Disse: "A gente te leva, Délie, não dá pra ficar aqui".

Minha mãe se levantou: "Ah, não, amanhã eu decido".

Ela continuava a tremer, segurando sempre sua pequena lamparina na mão.

Meu irmão, minhas irmãs e eu estávamos agarrados à saia de tia Acé. Ela, que nunca havia se curvado à adversidade, não conseguia acalmar os soluços. Virava a cabeça em direção ao vulcão, que, com a cratera aberta, grunhia e babava de raiva. Torrentes luminosas escorriam sobre suas encostas. Sem parar, nuvens cinza e vermelhas se lançavam vitoriosamente e cobriam os céus.

Minha mãe havia enrolado o pequeno Clotaire numa coberta de algodão florida tirada da cama dela. Élisa, agora, segurava o lampião. De vez em quando, um grupo, ao se esquecer do medo, parava perto de nós e se oferecia para nos levar. O padeiro pegou os filhos e a mulher, chamou minha mãe de cabeça-dura e desapareceu noite adentro.

Élisa encorajava com a voz os que fugiam: "Coragem, filhos, coragem!".

Ao longo das horas, as fileiras dos que partiam se tornavam menos barulhentas; aqueles que iam embora agora haviam tido tempo de refletir, de pelo menos fechar as portas. Élisa e tia Acé conversavam lugubremente. Seu Sonson anunciou: "O galo está cantando, o dia não vai tardar. Vão descansar um pouco, as crianças estão com frio, elas ficaram muito tempo paradas no sereno".

De fato, as estrelas desapareciam uma a uma. Ao passo que ainda se ouvia o barulho surdo das rochas caindo montanha abaixo, não se viam mais as chamas. Élisa estimava que o vento tinha virado para o canal da Dominica e que dava para aguardar o dia seguinte sem perigo.

Minha mãe pôs os menores na cama. Meu irmão e eu a observávamos. Ela agia como uma autômata. Seu rosto estava paralisado. Em vão, tia Acé tentava fazê-la falar. Ela arrumava a casa meticulosamente. Os trabalhos de costura foram postos num cesto caribenho. Numa mala grande de madeira, colocava o que havia de mais precioso, alguns lençóis, as roupas de domingo, um vestido de brocado que pertencera a sua mãe e papéis de família. Ela conservava essa pilha de papéis antigos como uma relíquia. Nos explicou que eram as cartas que nosso pai lhe enviava durante a guerra, de Salônica ou da França, quando eram noivos. Tinha também alguns vagos títulos de posse. Minha mãe era muito apegada a esses arquivos, que, para nós, pareciam sem importância.

O cheiro do café que ela preparava fazia cócegas em minhas narinas. Élisa e o marido tinham voltado para a casa deles. Eu olhava de soslaio para a casa do padeiro. Antes de partir, ele havia travado a porta com a ajuda de uma tábua pregada transversalmente. A vista daquela casa abandonada, daquelas janelas fechadas, me fez desatar em lágrimas. Isso tirou minha mãe de seu mutismo: "Meus pobres filhos, o que vai ser de nós?".

Contra a nossa vontade, ela nos deitou em sua cama.

Quando acordei, o sol estava a pino. A fumaça avermelhada que saía do vulcão tinha ficado prateada, se espiralava, se inflava, se espalhava em forma de plumas gigantescas. Por cima da vegetação imóvel, como que à espera, uma fina camada de cinza havia se depositado. Com a ponta do indicador, escrevíamos nossos nomes sobre as folhas. Hurard nos observava sem nos imitar, pois sua mãe lhe havia dito que aquela cinza era poeira caída dos pés do Bom Deus. Ele dizia que iria embora com sua família antes do pôr do sol. Não podiam deixar que a Virgem tivesse tempo de soltar as mãos cheias de fúria do Filho dela. Se isso acontecesse, morreríamos todos queimados. Aquela lava que corria em torrentes do vulcão, pois bem, eram nossos pecados que transbordavam!

Eu o escutava boquiaberta. Pareciam bem grandes esses pecados que, desde uma hora da manhã, escorriam das encostas da montanha em grossas faixas cheirando a enxofre.

Pedi a meu irmão para se fingir de padre e nos dar a absolvição, isso faria sair um pouco menos de lava da cratera. Ele disse que ainda não havíamos feito a primeira comunhão, que ficaríamos sem a graça de Deus, mas que ele iria para o céu, já que havia feito a "catequese".

A perspectiva de ser assada pela incandescência de nossos pecados me fez urrar. Minha mãe correu para nos confortar. Ela ainda não chorava, mas parecia uma estranha.

No vilarejo, os transeuntes se tornavam cada vez mais raros. Élisa e Sonson arrumavam as malas. Queriam nos levar para o norte, para o Morne Bon Repos. Lá, diziam, a fruta-pão era de graça e a batata-doce crescia em abundância. Todos que fossem para as cidades certamente passariam fome. Minha mãe replicou que, dentro de um ou dois dias, o vulcão se acalmaria e as pessoas retornariam. Ela não iria embora. Élisa respondeu que ela esperaria até o meio da tarde. Passadas as quatro horas, iria embora com os seus. Tomariam um atalho pela mata e, para isso, precisavam da luz do sol.

Minha mãe estava ocupada, colocando galhos nos brotos de sua horta para protegê-los das galinhas que viriam arranhar ali se ela fosse forçada a partir. Ela não vacilou diante das palavras veementes de Élisa. Por nada no mundo iria para o norte, lá ela havia deixado lembranças muito dolorosas.

Com a morte na alma, Élisa se despediu de nós. Seu Sonson tomou a dianteira do grupo e puxava Hurard pela mão, que não queria nos deixar. Eu não sabia o que fazer, a partida do meu companheiro de brincadeiras me deixava desamparada. Corri atrás dele e lhe devolvi algumas bolinhas de gude que havia cuidadosamente escondido. Em compensação, ele me deu seu estilingue.

Não havia mais ninguém na região. Apenas o presbitério permaneceu habitado e o padre Wecter continuava a tocar o Ângelus. Seguíamos nossa mãe da casa ao pátio e do pátio à horta. Antes de ir embora, o padeiro nos deixara três pães e Élisa, uma cabaça de bacalhau. Seu Sonson, por sua vez, havia pedido às pessoas que partiam para Saint-Pierre em busca de um barco que alertassem nossos parentes que moravam lá. Haviam de saber que minha mãe se recusava a partir.

    Tio Cyprien chegou com os cinco filhos, acompanhado por pai Azou e tia Acé. Minha mãe, ajoelhada no telhado, observava se as últimas pedras que havia colocado estavam no lutar certo.

    Tia Acé gritou: "Não precisa se preocupar em colocar pedra, daqui a pouco vai ter tanta que sua casa vai afundar. Ninguém vai ver mais viga, mais nada. De todo jeito, se você quer morrer, as crianças não precisam ficar com você. A gente leva elas".

    O tio acrescentou: "O governador enviou soldados para evacuar os retardatários, eles já estão em Saint-Pierre! Você não vai poder ficar".

    Minha mãe voltou para a terra firme e começou finalmente a chorar.

    "Levem as crianças e os cestos com nossas coisas. Já preparei os pacotes, eu vou ficar. Não tenho pra onde ir. E depois, tem minha casa, meu jardim, minhas galinhas! A grama vai crescer em cima do túmulo do meu marido."

    Abruptamente, Acé interveio: "Não é a grama que vai crescer, é o fogo que vai devorar tudo!".

    Sem esperar nenhum aviso, ela começou a nos vestir decentemente e a repartir as coisas. Minha mãe, obstinada, se recusava a partir. Meu tio pegou as crianças menores, as colocou nos braços dos filhos dele e quis levar a mim e a Armand.

    Meu irmão correu para o colo da minha mãe e eu fiz o mesmo. Não queríamos partir sem ela de jeito nenhum. Pai Azou avisou que ele era um dos que permaneceriam no presbitério com o padre Wecter. O presbitério e a sacristia ficariam abertos para receber os que quisessem passar lá a noite.

    Tia Acé levantou os ombros, lançou à minha mãe um olhar reprovador e tomou a direção do grupo que se afastava. Até que não houvesse mais do que um ponto indistinto na estrada, nenhum de nós arredou pé.

Azou havia deixado uma cesta de fruta-pão. Minha mãe se preparava para encher de carvão o fogão quando a voz grave do padre Wecter veio nos devolver a esperança.

Apesar da resolução de permanecer na solidão do bairro deserto/abandonado, minha mãe sentiu um certo conforto em vê-lo. Foi recebê-lo com uma fruta-pão na mão. Meu irmão e eu já estávamos perto dele. Ele passava a mão nos nossos cabelos crespos. Eu o ouvia falar como se fosse um sonho.

"Délie, você tem que partir, você não pode dispor da vida dessas crianças, da sua vida e talvez da de outras pessoas! Porque, enquanto houver gente no município, o prefeito e eu não vamos sair. Eu desejo e creio que o pior vai ser evitado. Mas, se meus desejos não se realizarem, e você não puser seus filhos em segurança enquanto ainda é tempo, vai se arrepender. Vai querer se salvar, eles vão tentar correr, vai ser atroz! Você talvez veja eles morrerem diante dos seus olhos. Você não vai ter paz, mesmo em outra vida."

Esse terrível argumento levou minha mãe ao desespero. Ela largou a fruta-pão e disse ao padre que, por nós, ela partiria. O padre Wecter sorriu: "Que bom. O primeiro caminhão vai passar pra te buscar e te deixar em Saint-Pierre. O governador colocou muitos à disposição dos que estão fugindo".

Minha mãe, finalmente vencida e submissa, se ajoelhou conosco e o padre nos benzeu.

Minha mãe primeiro pôs pregos nas portas. Havia enchido todos os cantos da casa de naftalina. Amarrou algumas galinhas com um barbante e as acomodou no cesto de fruta-pão, pegou uma mala e nos deu um pacote. Quando a buzina do caminhão nos chamou, ela deu uma última volta na chave, acariciou com o olhar a plantação de agrião e, com o rosto tomado pela emoção, se apartou do universo que havia construído para ela.

No caminhão, soldados com capacete na cabeça e coturnos nos pés nos instalaram em meio a outras famílias cheias de bagagens improvisadas. Pai Azou colocou os pacotes num canto do veículo, saltou para o chão e nos assegurou que ficaria com o padre Wecter. Quando ele partisse, pai Azou iria para a floresta. Ele havia percorrido os trinta e dois quilômetros que o separavam da capital apenas duas vezes, e fazia tanto tempo que não se lembrava mais em que circunstâncias. Para esconder a emoção, tocou a orelha furada. Em sinal de adeus, levantou o chapéu. Seus cabelos brancos despenteados formavam uma estranha auréola.

O volante do caminhão girou. Pai Azou gritou: "Ei, criançada, tenham coragem! Sejam boas pessoas!".

Nossos olhos, até o último instante, permaneceram fixados na silhueta do gigante, imagem serena da fidelidade e resignação de um tempo que se foi para sempre.

XIII

O pequeno barco que fazia o transporte costeiro afundava nas ondas sob o peso da carga humana que transportava. Haviam me colocado em cima do cesto de frutas-pão, entre um feixe de canas-de-açúcar e um grupo de aves que reclamavam de sede. Os mais sortudos, ou melhor, os mais espertos, haviam se acomodado no interior do barco, protegidos do sol, mas aqueles que levavam crianças, como minha mãe, e não conseguiram chegar a tempo, tinham de se contentar com um lugar no convés. Havia os que se contorciam de enjoo por causa do ar salino; outros permaneciam de pé, respirando os ventos alísios. O fiscal, um homem alto e magro, que ostentava o título de "comissário de bordo", distribuía os bilhetes de passagem com rispidez. Ele abria caminho entre os cestos de frutas-pão com grandes pontapés. Quando chegou perto de nós, riu ao me ver empoleirada daquela maneira e disse à minha mãe: "Com o sol, as frutas derretem que nem manteiga; quando vocês chegarem à cidade, vão estar intragáveis".

Diante do rosto paralisado da minha mãe, o ar de arrogância dele desapareceu. Balbuciou alguma coisa incompreensível e virou as costas.

Em Fort-de-France, uma multidão de curiosos correu até a embarcação. Alguns queriam ver os desabrigados, outros tinham ido procurar pais ou amigos.

Para nossa grande satisfação, tia Acé nos aguardava. Ela havia retomado sua postura decidida. Os recém-chegados eram abrigados numa escola perto do centro. Minha mãe receava, acima de tudo, ser obrigada a nos guiar em meio a tanto desespero. Acé nos levou à casa de minha madrinha, que também era uma mulher de atitude. Ela resolvera os detalhes de nossa mudança e pedido a uma prima que nos acolhesse no subúrbio.

A prima Hortense tinha uma casa grande, duas filhas e alguns infortúnios. Isso a havia tornado compreensiva e doce. Ela nos acomodou num quarto ao fundo de seu pátio. Uma cama, uma mesa e quatro cadeiras compunham toda a mobília. Éramos sete lá dentro. Para nos animar, Hortense nos falou que, na escola de Terres-Sainville, as pessoas dormiam ao relento. Em sua casa, pelo menos teríamos alguma privacidade. Julie levou um colchão de palha, tia Acé, cobertas, e nosso calvário começou.

O horizonte limitado de nossa vida nova desesperava minha mãe. Quando a noite caía e a rotina de dormir começava, ela chorava. Era preciso empurrar a única mesa e colocar o colchão de palha e as cobertas no piso. O mais novo se deitava numa cama pequena com nossa mãe. Fazia tanto calor que ela passava a noite nos enxugando. Ao alvorecer, enquanto outros pensavam em acordar, ela adormecia, esgotada. Nunca por muito tempo. Era preciso que o cômodo tomasse um ar decente antes que o sol estivesse alto demais no céu.

Nossa mãe via suas moedas irem embora uma a uma; na cidade, pagava-se por tudo. Cada franco que escapava reavivava seu suplício. Ela achava que o mato havia certamente tomado sua horta e que os mangustos comiam sua plantação de fruta-pão. Ao mesmo tempo, naquela cidade terrível, o que ela não precisava comprar? Até a água do Bom Deus uma mulher carregava a dois centavos o balde. Às vezes, ela passava uma mão nervosa na sua máquina de costura, que só servia para pequenos reparos das roupas da família. Costureiras abundavam no bairro. Para fazer clientela nova, ela precisaria de tempo.

Hortense cultivava plantas em vasos. Nossa vida toda, tínhamos visto árvores e flores crescerem seja nas savanas, seja nos jardins. Aqueles arbustos nos intrigavam e nossos dedos indiscretos queriam ver como as raízes faziam para se manter dentro dos recipientes que os aprisionavam.

As filhas de Hortense, orgulhosas de suas plantas acanhadas, sempre surgiam na hora em que estávamos prestes a libertar algumas violetas mirradas ou alguns miosótis anêmicos. Elas gritavam de medo e nos chamavam de selvagens. Hortense nos repreendia e chamava minha mãe, que logo se cansou dessas reprimendas merecidas. Ela deixou que fôssemos brincar na frente da porta nos dias bonitos, com nossas primas. Naqueles raros momentos, esquecíamos nosso exílio. Meu irmão fazia pipas e as empinava num morrinho onde passava um famoso canal triste e entupido de imundícies. Lá, havia mangueiras e essa vegetação pelo menos nos lembrava os bosques densos do Morne-Rouge. Armand se refugiava lá com prazer; mas Hortense acabava logo com aquela alegria. O lugar era mal frequentado, assegurava ela, e nossa mãe obrigava o coitado do menino a voltar ao pátio.

Com muita dificuldade, ela conseguiu nos encaixar em escolas da cidade. A que eu frequentava era solidamente fechada por um portão de ferro. Minha sala de aula ficava num ângulo de onde eu podia ver as grades. Em vez de escutar o que a professora dizia, me esforçava para substituir cada grade por uma das árvores que formavam um muro colorido no pátio da minha escola ao pé do vulcão.

As crianças praticam tanto a generosidade espontânea quanto a maldade inconsciente. Acontecia de meus colegas me chamarem de "desabrigada". Essa palavra ressoava em meus ouvidos e eu ficava sozinha no meu canto.

Um dia, porém, acabei descobrindo que o diretor da escola dos meninos era meu tutor, o próprio irmão do meu pai, o sábio da família. Eu contei a minha mãe. Ela respondeu que o tio era uma personagem importante, que ocupava um cargo na cidade e que não deveria ser incomodado. Ignorei. Ele não era o irmão da tia Acé, que eu tanto amava? Se fosse parecido com ela, não devia ser muito mau. Escondia-me atrás de uma palmeira grande que sombreava o pátio da escola e o observava discretamente. Ele usava um chapéu maleável e um guarda--sol no braço.

Fiquei em choque quando ele tirou o chapéu para cumprimentar uma professora que estava passando. Ele se parecia tanto com meu pai que quase gritei "papai". Sem a presença de Élisa, do padre Wecter, sem a minha casa, sem tudo o que eu amava, eu precisava de um pouco de carinho. Dei uma volta em torno do homem que era o sósia de meu pai. Quis correr para seus braços. Fiquei paralisada pela emoção. Finalmente, decidi: puxei seu guarda-sol.

Ele percebeu que eu tinha um ar familiar: "Acho que você é a menina da Délie, não é? Você cresceu muito! Acé me disse que você estava nessa escola. Você devia ter vindo me cumprimentar antes! Eu teria ido te ver".

Ele mexeu no bolso e me deu uma moeda de cinco centavos. Daquele momento em diante, eu ia puxar o guarda-sol toda vez que me chamavam de "desabrigada".

Por ficar sempre atrás dele, sem me mexer, ou por ficar puxando levemente seu guarda-sol, meu tio acabava por esperar que eu aparecesse. Perguntou por minha família e, numa tarde, na saída da escola, pegou-me pela mão e foi conhecer o lugar onde estávamos hospedados.

Eu o acompanhei com orgulho, embora temesse o par de tapas dos quais não escaparia. Ele entrou: "Desde que chegou, você nunca me procurou. Como tem vivido?".

Minha mãe fez um gesto indefinido em torno de si: "Vivo assim. Proibiram a gente de voltar pra lá. No entanto, o vulcão não fez nada de extraordinário. Quando não tiver mais nada pra comer, eu vou embora. Pelo menos as frutas-pão são de graça!".

Meu tio observou o quarto. Um fogareiro a carvão feito de um galão vazio de gasolina sobre o qual se tentava cozinhar a parca refeição... Sobre uma prateleira que minha mãe havia construído ela mesma, ficavam guardados alguns pratos de alumínio. Mamãe não havia tido tempo de colocar a colcha de retalhos em cima da cama, coisa que nunca deixava de fazer quando esperava visita. Um tecido de algodão florido cobria o colchão de palha. Tudo deixava transparecer a mais completa miséria.

"Você deveria", disse ele, "me dar a menina. Isso aliviaria a sua carga."

Minha mãe se levantou da cadeira como se tivesse sido picada por um escorpião.

"Você só pode estar sonhando!", gritou ela. "Eu não quero me separar de nenhum deles!"

Eu olhava o homem como se o visse pela primeira vez. Minha família era parte tão grande da minha vida que a ideia de me separar dela me aterrorizava. Eu me escondi atrás de minha mãe e disse: "Não quero ir embora".

"Tudo bem", disse meu tio. "Não queria causar tristeza nem a uma nem a outra. Venham me ver, de toda forma, quando quiserem."

Minha mãe, ao limpar as cinzas do fogareiro, sentiu uma espécie de remorso: "Sabe, se você quiser ir pra lá, você pode. Tem uma casa branca com varanda, um piano na sala... Suas primas são bonitas, bem-vestidas e, além disso, instruídas! Na cozinha, não precisa se abaixar pra colocar carvão no fogareiro... você vai se tornar uma moça fina. Você não teria que se agachar pra recolher grama pros coelhos... então, se você quiser, tudo bem".

A noite caiu. Meu irmão colocava querosene no lampião feito de uma lata de leite condensado. Todos os utensílios eram feitos de latas velhas que um faz-tudo do bairro transformava nos objetos mais diversos. Tinham a vantagem de não custar caro.

Descobri que eu não estava infeliz naquele ambiente, minha mãe nos amava tanto! As lágrimas cobriam seu rosto. Para escondê-las, ela se virou e fingiu arrumar algumas flores de buganvília que se abriam numa garrafa que servia de vaso.

Continuou: "Depois, quando eu voltar para o Morne-Rouge, eu vou te mandar todas as flores do jardim!".

Meu irmão e minhas irmãs me olhavam com uma curiosidade misturada à tristeza. Não sei por quê, mas, pela primeira vez desde que chegamos àquele quarto, eu o achei simpático, até acolhedor, e as buganvílias da garrafa haviam se tornado mais preciosas a meu coração que todos os jasmins do meu vilarejo.

Nossos recursos estavam se esgotando. De vez em quando, a madrinha Julie arrumava algum trabalho de costura para minha mãe. Mas como manter uma família daquela sem um trabalho fixo? A compra de pão fresco foi suprimida — e, para conseguir pão amanhecido, meu irmão se levantava bem cedo e corria para a padaria, em frente à prefeitura, com outros garotos. A maior parte dos desabrigados estava na mesma situação que nós. No começo, para procurar o pão de cada dia, Armand relutava e geralmente voltava de mãos vazias.

Um dia, não o vendo retornar da tarefa de buscar o pão, minha mãe me pegou pela mão e foi à sua procura. Um espetáculo inesquecível se apresentou diante de meus olhos. Uma nuvem de gente corria para a única entrada da padaria com as mãos estendidas, enquanto jorravam insultos e choviam socos. Os felizes mortais que logravam sair com pão riam e se esqueciam da confusão.

Minha mãe arregalou os olhos: "Nunca vi isso! É o fim do mundo! Armand, Armand, cadê você?".

Eu o vi emergir com um pão debaixo do braço e a camisa rasgada.

"Eu peguei o pão", explicou, "mas não conseguia sair de lá. Fiquei com medo de que um menino maior que eu tomasse ele de mim."

Estava descabelado e feliz. Desde então, o pão se tornou sagrado para mim e, durante minha vida toda, não o desperdicei mais.

Tia Acé morava perto das filhas. Ela havia vencido a provação. Tinha se tornado vendedora de legumes. De manhã, vendia no mercado. Ao meio-dia, retornava ao seu quarto em Pont-de-Chaînes, com os quadris sempre sustentados por um madras que segurava o vestido. Caminhava na ponta dos pés, pesadamente carregada. Mantinha dois ou três cachos de banana equilibrados na cabeça. Ela nunca segurava sua bandeja ou cesto e dizia que, quando os braços estavam levantados, perdia a metade das forças. Quando eu a encontrava assim, ela mal diminuía o passo e gritava sem virar a cabeça: "*Ei! Ça ou fait? Moin ké vini aussoué*".*

Desde que viu a camisa rasgada de Armand, decidiu que ela mesma traria pão. Quando a viam chegar perto da padaria, com o madras desarrumado e os punhos cerrados nas ancas, nem os mais encrenqueiros ousavam empurrá-la. Dotada de uma força pouco comum, colocava os malandros na linha, sacudindo-os aos punhados. Para acompanhar os gestos, usava frases bem marcantes: "Bando de canalhas, esperem a vez de vocês!". Ou então repreendia o padeiro: "De tanto esconder o pão de Deus, você vai passar fome, não no céu, mas no inferno". Ele a atendia para se livrar dela, e tia Acé vinha correndo nos entregar o pão.

---

* Expressões em crioulo martinicano: "Onde você estava? Passo lá hoje à noite".

À noite, chegava e gritava: "Ei! Aqui o resto da venda. Tem alguns repolhos e pedaços de inhame". Ou então, deixava na mesa algumas bananas, dizendo: "Com esse sol, elas ficam logo escuras. As bestas da cidade não sabem que ficam melhores, deixam elas pra mim, aproveitem".

Sua vivacidade levantava o ânimo de minha mãe. Acé nos contava que via o irmão, o professor. Ela tinha vergonha dos pés descalços quando cruzava com ele e fazia longos desvios para que isso não acontecesse com muita frequência. Depois, deixava-se levar pelas lembranças. Ela nos dizia como todos os irmãos e irmãs haviam se juntado para enviar o mais velho ao colégio. Trabalharam nas plantações e deram o fruto do seu trabalho para que ele se tornasse um "homem de bem".

Ela falava disso com frequência, mas não com vaidade. Nas suas conversas, mencionava com orgulho o irmão, o professor. Nós lhe perguntávamos por que ele não vinha vê-la. Ela respondia com falsa desenvoltura que era possível que ele não a encontrasse, pois ela saía muito. Mas, ao pensar nisso, ficava triste e pensativa.

Pouco a pouco, eu me habituava àquele pátio estreito. Eu não corria mais entre as plantas de Hortense como se estivesse numa plantação de bambus. Não fossem os suspiros de minha mãe, eu teria achado essa situação normal. Havia notado que muita gente na cidade morava em quartos como o nosso. Havia conhecido alguns meninos do bairro. Na companhia deles, tive a ousadia de lançar olhares para as casas dos vizinhos. Quase todos tinham as mesmas condições, por vezes, luxo supremo, um forro de veludo cobria a mesa, uma coberta de linha ou seda, que tinha certamente vindo da Samaritaine, escondia a miséria de um colchão de palha. Crianças abundavam nesses casebres. Os moradores locais acusavam os desabrigados de terem deixado suas cidades para vir reduzir os espaços de vida deles.

Num desses quartinhos, morava a srta. Marthe, lavadeira de profissão. Ela havia simpatizado comigo e o demonstrava ao guardar para mim as balas mais diversas que escondia no fundo dos bolsos.

No começo de cada semana, ela saía num andar ligeiro com seu cesto de roupas para lavar. A três quilômetros dali, corria o rio Levassor. Todas as lavadeiras das redondezas se encontravam num local chamado La Grande Roche. Essa parte do rio era famosa por ser agradável. A srta. Marthe ia embora com duas de suas amigas. Depois de conversas animadas, risos e zombarias com os vizinhos, ela fazia sua caminhada habitual.

Ela sempre prometia me levar junto com ela. Um dia, ela conseguiu convencer minha mãe. Com alegria, eu deixava nosso quarto. Era como se a srta. Marthe tivesse asas, tão levemente caminhava apesar da carga pesada! Seu vestido fazia um movimento gracioso de vaivém nas panturrilhas. Sua tagarelice chamava a atenção das pessoas quando passava. Ela respondia às piadinhas sem parar de andar. De vez em quando, um galanteador propunha acompanhá-la: "Hoje não", respondia, "tem uma criança comigo".

Eu lhe perguntava por que todos eles queriam vir com ela. Ela me explicava com pesar que era para ajudá-la a estender a roupa e a acender o fogo para esquentar sua comida.

"São tão gulosos", acrescentava, "que comeriam todo o arroz sem deixar nada pra gente."

Quanto mais nos aproximávamos da Grande Roche, mais lavadeiras encontrávamos. Algumas já haviam começado a estender a roupa para secar e alvejar nos terrenos vizinhos. Cada uma oferecia à srta. Marthe um lugar ao lado delas. Ela seguia seu caminho, imperturbável. Tinha, ela dizia, o melhor canto do rio e, sobretudo, o melhor terreno. Enfim, vitoriosamente, me mostrou uma rocha maior que uma casa: "É ali! Vou ter que desalojar a mulher que pegou meu lugar".

Com um movimento indescritível, ela baixou o fardo na margem e correu rumo à intrusa. A srta. Marthe, sem dizer palavra, afastou a roupa que a infeliz havia colocado na pedra. Em vão, a mulher tentou explicar que tinha chegado primeiro. Diante do ar decidido de Marthe, ela se retirou, não sem expressar rancor. Fiquei impressionada com aqueles métodos. Marthe ficou sem graça: "É que, na cidade, é assim. Se você não tomar cuidado, tomam sua pedra no rio, seu trabalho na casa dos patrões e seu marido dentro de casa! Comigo não!".

Satisfeita com sua argumentação, me acomodou numa pedra embaixo da sombra de uma mangueira e me disse para esperar as frutas, pois a primeira brisa que soprasse não deixaria de derrubá-las. Levantei a cabeça e vi dezenas de mangas penduradas nos galhos. Tinham a forma de luas crescentes, o que era incrivelmente empolgante para uma menina gulosa. Peguei umas pedrinhas para tentar colher algumas. Marthe interveio: "Você vai ver, vai cair mais do que a gente consegue comer".

De fato, um vento morno se levantou e, às vezes, fazia algumas mangas cheirosas deslizarem até meus pés. Outras eram levadas pela corrente. Nós as deixávamos ir para mais longe: as mulheres lavadeiras as pegavam. Marthe ria ao me ver manchada do suco carnudo das frutas: "Viu, Fort-de-France não é tão ruim assim, tem manga pra encher um navio".

Ao meio-dia, a água já estava morna. Marthe ia e vinha entre o "seu" terreno e o rio. Ela me mandava molhar a roupa a ser alvejada e repetia: "Não está bem branquinha essa roupa? Nada como água ensaboada e o sol do Bom Deus! Como é bom um sol quente!".

Mas ela logo sentiu muito calor. Com um movimento rápido, deixou cair o vestido de chita até a cintura e, gargalhando, entrou na água. Claro que eu já tinha visto os seios rechonchudos da minha mãe, que tinha sempre um bebê dependurado no peito. No entanto, quando a srta. Marthe saiu pingando, com seus seios redondos e firmes, não acreditei nos meus olhos, olhava com vergonha para meu colo reto de menina. De longe uma comadre gritou: "Marthe, esconde as tetas de cabrita, um homem está chegando!".

Ela se cobriu sem pressa e, cantarolando, continuou a esfregar a roupa.

O homem se aproximou com uma bolsa de lona branca na mão. As mulheres cochichavam enquanto ele passava. Ele era alto, bonito e vestia um short. Ao chegar perto de nós, entrou deliberadamente na água e se sentou na pedra da srta. Marthe: "Toda vez que preciso falar com você, tem um impedimento. Na semana passada, foi sua avó que veio tomar banho perto de você; na semana anterior, você tinha ido embora ao meio-dia, me disseram. Hoje, é essa menina comendo manga e olhando pra mim. Não é possível!".

Marthe morreu de rir. Seus olhos amendoados se espremiam com um ar malicioso. Ela respondeu: "Você é casado. Já é o segundo homem casado que provei. Toda vez, eu mando vocês embora porque tenho pena das mulheres. Não é porque você se parece com Ramón Novarro* que vou te ouvir. Agora eu estou falando sério".

Ela falava com um ar tão pouco sério que o galanteador se assanhou e quis beijá-la. Marthe deu um passo para trás e pegou uma pedra no fundo do rio: "Seu diabo", gritou, "respeita pelo menos a menina inocente!".

Eu os observava com os olhos arregalados. O homem se afastou e tirou da bolsa um galo de briga. Ele alisava com uma mão as penas vermelhas e azuis, movia-o para a frente, para

---

* José Ramón Gil Samaniego (1899-1998), conhecido como Ramón Novarro, foi um ator mexicano radicado nos Estados Unidos. Fez muito sucesso na década de 1920 ao atuar no cinema mudo.

trás, girava-o. Marthe investiu contra ele: "Vai pra outro lugar, aqui não é arena".

O apaixonado rejeitado pegou seu galo e foi embora. Eu quis saber quem era Ramón Novarro. Marthe me disse que era um homem do cinema.

"Como é um cinema?"

"São fotografias que se movem."

É possível acreditar nessa coisa fabulosa? Eu não deixei de perguntar quem era o homem do galo. Ela respondeu que era um cliente. Ela lavava a roupa dele.

A hora de voltar chegou. O sol estava bem baixo no horizonte ardente. Marthe recolheu a roupa limpa, deu outro mergulho, mas, dessa vez, se esfregou com as flores ilangue-ilangue que havia colhido na colina.

Eu a imitei e percebi que minha pele ficava deliciosamente perfumada.

Ao chegar a nosso quarto, contei a minha mãe, com tom entusiasmado, tudo que tinha visto: as mangas, os seios da srta. Marthe, o homem e seu galo. Acrescentei que Marthe me levaria para ver Ramón Novarro no cinema.

Minha mãe fez o sinal da cruz e decidiu que eu não acompanharia mais a srta. Marthe: eu havia aprendido coisas demais num dia só.

XIV

Minha mãe decidiu nos levar à casa do tio Alexandre. Ela nos fez vestir as roupas de domingo e tomou o caminho de Bellevue conosco.

Tia Agnès, uma mulata bonita de olhos verdes, nos esperava na entrada. Depois dos cumprimentos efusivos habituais, chamou meu tio, primos e primas.

Eu nunca tinha entrado numa casa tão bonita. O piso ladrilhado com losangos pretos e brancos me impressionou. Cadeiras de balanço sobre as quais haviam sido colocadas almofadas bordadas convidavam à preguiça. Num canto da sala, havia um piano e vasos de cobre em consoles envernizados. A sala de jantar imensa, mobiliada com móveis de outros tempos e, finalmente, a *da** bem penteada e vestindo um avental branco completavam o cenário que nos intimidava. Armand observava seus sapatos; ele tinha vergonha de dizer que ia buscar mangas para completar o almoço.

Quanto a mim, tão tagarela, não ousava contar que dormia em cima de uma coberta e que o cofrinho de mamãe estava vazio. Eles nos ofereceram um lanche. O primo Victor me pegou pela mão, ligou o fonógrafo e me perguntou se eu sabia dançar. Tia Acé tinha me ensinado o charleston e, desde que me entendo por gente, sabia dançar a *biguine*, segundo minha mãe dizia. No entanto, sentia minhas pernas paralisadas. Aquele

---

* "Babá", em crioulo martinicano.

menino grande tentava em vão me fazer dançar um foxtrote. Minhas irmãs pareciam pregadas em suas cadeiras.

Minha mãe conversava com os adultos. Diante de nosso constrangimento, apressou-se a ir embora. Tia Agnès a elogiou por nossa boa aparência e vestimentas. Minha mãe também não ousou lhes dizer que eram os únicos e últimos pares de sapato que nos restavam. O primo Victor me deu dez centavos, uma fortuna!

Perto da avenida Levée, mamãe nos permitiu comprar bengalinhas doces em forma de tamanco e de galo, que desejávamos desde nossa chegada à cidade.

Ao chegar em casa, chamei as filhas de Hortense para lhes mostrar as bengalinhas doces que havia comprado. Eu lhes disse que havia dançado tango e tocado piano — um de verdade —, que a luminária suspensa do meu tio era de porcelana azul, que ele tinha vasos de ouro com flores mais cheirosas que as que cresciam nos potes delas. Irritadas, elas se tornaram cruéis: "Ah, é? Amanhã você vai comer pão amanhecido de novo. A gente, não!", disse uma delas.

A evocação da minha miséria quase me levou às lágrimas. Deixei cair minha bengalinha doce e me refugiei num canto do quarto.

Desde a chegada do pequeno Clotaire à cidade, ele havia perdido seu apetite vigoroso. Ele estava visivelmente perdendo peso. A mudança de alimentação decerto tinha alterado a saúde do bebê. Nós nos preocupávamos muito com ele. Certa noite, foi uma comoção.

Quando o leite fresco chegou, ao meio-dia, minha mãe se apressou para terminar um vestido para uma de suas raras clientes. Ela precisava do dinheiro do seu trabalho para pagar o leite cotidiano. Infelizmente, não houve tempo de terminá-lo, e ela então esperou as vendedoras de leite fervido que faziam ponto na Levée. Elas chegavam no fim do dia e anunciavam: "Leite fervido! Leite fervido!".

Às vezes, havia a incursão de um serviço de higiene ineficiente, que distribuía infrações às mulheres acusadas de falsificação de leite, por adicionarem farinha e ingredientes duvidosos. Isso as trazia de volta à razão e, por algum tempo, elas vendiam leite bom para o consumo, mas depois recomeçavam o esquema. Todo mundo sabia disso; só se podia constatar que a mercadoria era ou espessa como mingau, ou clara demais por causa da adição de água.

O leite que Armand trouxe naquela noite para meu irmão estava muito espesso! Mas não havia outra coisa para alimentá-lo. Ele não queria bananas cozidas. Então ele o engoliu, mas, durante a noite, foi acometido por cólicas. A noite toda ele reclamou e minha mãe untou a barriga dele com óleo de cânfora e deu chá de graviola para acalmá-lo. Foi pura perda de tempo. No dia seguinte, o médico observou o corpinho abalado por espasmos e diagnosticou uma intoxicação. Minha mãe se lembrou do leite gorduroso demais e contou ao médico.

Apesar de todos os cuidados, nada pôde salvar o menino; na hora em que o Ângelus tocava, num dia mais triste que os outros, ele partiu para o outro mundo.

Minha mãe esticou a coberta de retalhos e colocou seu bebê na única cama. Marthe apareceu com o cesto de roupas cheio de flores. Hortense cuidou do funeral e foi preciso, para tirar minha mãe de seu abatimento, a lembrança de que seus outros filhos precisariam dela quando tudo voltasse ao normal.

Sem aguentar mais, uma noite, ela juntou nossos trapos: "Vamos voltar para o Morne-Rouge", disse. "Eu não posso mais morar aqui. Todas as crianças morreriam. Escrevi para a Élisa, que respondeu depressa. Ela vai vir amanhã. Mesmo que o vulcão ainda preocupe a gente… De toda maneira, não vai ser pior."

Essas palavras tiveram um efeito revigorante. Os rostos sombrios se iluminaram. Pela primeira vez em semanas, fui atrás das filhas de Hortense, que brincavam do lado de fora.

Chovia a cântaros quando Élisa chegou em nossa casa. Ela nos abraçou emocionada. O falecimento do pequeno Clotaire a comoveu. Ela dizia ter "visto nosso sofrimento".

Élisa evocou a vida calma no seu morro rodeado de outros morros. Ela só ouvia o Ângelus uma vez por semana, quando ia cedo, aos domingos, à igreja do vilarejo. O marido havia se tornado açougueiro na aldeia. Há oito meses, desde que havia deixado o Morne-Rouge, seu filho não colocava os pés numa escola. Ela estava muito distante de toda e qualquer civilização. Hurard corria pelas plantações de cana dos *békés*. Ao dizer isso, abriu o cesto de mantimentos e tirou pedaços de cana-de-açúcar mais longos que nossos braços. Numa cabaça, tinha colocado carne de porco salgada e, dentro de um madras, estavam guardados dois inhames enormes. "Isso é pras crianças, abajerus e jambos."

A visão dessas frutas selvagens afastou definitivamente a nostalgia. Minha mãe disse quase com alegria: "Está resolvido! Eu vou embora com você. Se eu soubesse, tinha ido pro norte, pra perto de você! Mas eu queria que as crianças fossem pra escola! Ah, eles voltaram às aulas, mas a que preço! Um deles está morto".

Élisa falou ainda do leite fresco e abundante do interior, do rio que lhe fornecia cestos repletos de lagostins, da baunilha que colhia à beira de seu terreno de cacaueiros. Fiquei maravilhada pelo relato e confusa de não haver nenhuma alegria para lhe contar.

Bem mais tarde da noite, nós ainda a cercávamos como náufragos em torno de uma boia salva-vidas. Ela não se cansava. O marido havia ido ao Morne-Rouge. O mato havia invadido todos os cantos das casas, o canteiro de agrião havia se perdido sob as vinhas selvagens, a cozinha não tinha mais porta. Mas o padre Wecter e o prefeito haviam retornado; pouco a pouco os outros refugiados retornariam. Ela concluiu dizendo que via todo o perigo afastado. Por mais cinquenta anos, o vulcão permaneceria em paz.

Eu ouvia extasiada. Hortense estava lá com as filhas. Aproveitei para acertar as contas com elas. Disse a minhas primas que, em breve, eu iria embora e que meu amigo Hurard colheria flores para mim de bananeiras-do-mato muito maiores do que todas as delas. Que eu teria um porco que guincharia, se moveria e não ficaria deitado como as bonecas delas; que nossas galinhas viriam comer em nossas mãos e que haveria tanta água que rolaríamos para debaixo da torneira quanto tivéssemos calor.

Elas ficaram ofendidas, mas não tinham nada para me responder. Élisa, que ouvia minha tagarelice, me colocou no colo e disse: "Nunca esqueça que Hortense te deu um teto. Seria ingratidão esquecer isso, antes mesmo de ir embora. A ingratidão é um pecado tão horroroso que ele sozinho é mais horrível que os sete pecados capitais juntos. Lembre-se disso".

Hortense nos ajudou com os últimos preparativos enquanto Élisa fazia compras na cidade. Chovia torrencialmente e as ruas da cidade se transformaram em pântano; as águas estagnadas abrigavam gerações espontâneas de vermes. Nós nos empurrávamos uns aos outros aos gritos, em poças amareladas. Chovia muito no Morne-Rouge, mas, assim que acabavam as ondas, a terra permeável absorvia até a última gota d'água.

Tia Acé veio nos buscar para passar o último dia com ela. Cedo, veio nos pegar; havia deixado o negócio naquele dia e colocado seu vestido branco decorado com bordado inglês. Estava com o ar elegante de que eu gostava. Ela morava em Pont-de-Chaînes, numa casa enfiada num bosque de bambus. O rio Levassor corria pertinho dali e o bairro era atravessado pela rodovia que levava ao norte. Quando queria notícias do

Morne-Rouge, ela ia para perto da estrada e esperava passar um caminhão vindo de lá. Foi assim que soube do retorno do padeiro e de muitos outros habitantes do vilarejo.

Para minha grande tristeza, ela nos contou sobre sua intenção de ficar. Seu negócio lhe rendia o suficiente para viver, e ela poderia assim cuidar das duas filhas que trabalhavam na cidade. Estavam agora bem bonitas, os galanteadores viviam atrás delas. Além disso, no internato, elas haviam adquirido "boas maneiras", dizia, mostrando os punhos a um inimigo invisível. Ela contava como um comerciante da cidade, já casado, com uma barriga enorme, tendo muitas amantes e um enxame de crianças bastardas, queria adicionar a filha mais velha à sua coleção.

"Mas é isso, ele tem a idade do avô dela. O mais engraçado é que a menina ficou lisonjeada porque o bandido tem um cinema! Mas, por mim, eu quero que ela se case de véu e na minha comunidade!"

Essa era a ambição de sua vida: ver as filhas legitimamente unidas pelos cuidados do padre e do prefeito. Seu sonho seria destruído por culpa de um homem gordo? Ela estremecia só de pensar nisso, e deixava tudo para trás a fim de se preparar para a eventualidade.

Além disso, as moças não queriam mais voltar para o interior. Com nostalgia, tia Acé falava com elas, mas em vão, de sua roça e da casinha rodeada de jasmins, de suas árvores frutíferas onde pousavam os beija-flores.

Depois de nos despedirmos de nossos anfitriões e da srta. Marthe, que nos seguia com os olhos balançando seu madras, tomamos lugar no ônibus que ia para o Morne-Rouge.

A Route de la Trace se desenrolava, como um laço de fita caprichoso, entre precipícios, vales e montanhas; cada canto de passarinho, cada brisa a balançar os galhos nos desejavam as boas-vindas. Pouco a pouco, reencontrávamos nossos bens mais preciosos: a alegria e a esperança.

XV

À medida que nos aproximávamos do fim da viagem e que esquecíamos os problemas, minha mãe fazia planos para o presente: "Preciso pôr o canteiro de agrião em ordem. Pai Azou com certeza vai vender o porco que temos em sociedade. Este ano, vai ter muita criança fazendo a comunhão".

Sua resignação passiva cedia lugar a uma explosão de energia comunicativa.

Finalmente, o campanário do vilarejo apareceu. Mil flores de sol adornavam a estrada, malconservada desde a evacuação. Os sabugueiros pendiam seus cachos brancos em nossa direção. Tudo tomava um ar de festa inabitual e até o vulcão nos parecia acolhedor. Sua fumaça branca se transformava em leque sob a passagem dos ventos alísios.

Armand gritava: "Não tem mais fogo, acabou!".

De vez em quando, cruzávamos com uma pessoa conhecida que balançava os braços em sinal de alegria. Ao passar em frente à igreja, minha mãe disse ao motorista para ir mais devagar porque toda a família precisava fazer o sinal da cruz "para cumprimentar a Virgem". Alguns minutos depois, o motorista gritou: "Vocês chegaram, podem descer! Tenho que fazer outra viagem pra cidade, tem muita gente voltando nessa época! Ai, vocês conversam demais, já estou tonto com tanta risada".

Ele não precisou repetir a ordem duas vezes. Movidos por uma mola invisível, todo mundo pulou para fora.

Um limo espesso havia coberto a fonte, o mato havia crescido até a parte de cima da porta, e nossa casa não tinha mais janelas. Ela nos esperava como um animal ferido. Os quartos haviam sido parcialmente protegidos da chuva por alguns pedaços de caixotes que o padeiro tinha caridosamente pregado. Por todos os outros lugares, havia somente buracos abertos.

Eu via apenas isso e me esqueci de cumprimentar Hurard. Além disso, ele não havia mudado de personalidade. Agachado com as mãos apoiadas nas coxas, nos olhava. Achou que minha indiferença já tinha durado tempo demais. Puxou um pedaço do meu vestido e me perguntou, a título de boas-vindas: "E meu estilingue?".

Hortense o havia jogado fora logo após minha chegada a Fort-de-France, e tinha me dado, para substituí-lo, uma bonequinha toda dura, que não se mexia. Eu contei a aventura a Hurard, que se endireitou e tirou do bolso o estilingue mais bonito que já havia feito: "Toma, aqui ninguém vai jogar ele fora".

Exultante, entrei em casa. Tudo estava mofado; ninhos enormes de cupim haviam crescido nos cantos. Visivelmente, tentaram levar as lonas que cobriam a casa; elas batiam ritmadas ao menor vento. Havia sido brincadeira de criança para os ladrões arrancarem as janelas.

Na casa de Élisa, levaram as tábuas que ela guardava num sótão. O padeiro teve as portas subtraídas. Como se nada houvesse acontecido, minha mãe tapou completamente as janelas: "Vai ser provisório", disse. "Contanto que a gente consiga entrar e sair tranquilamente. O resto, a gente vê depois."

O que ainda era possível de ser recuperado do mobiliário foi exposto ao sol. O dia todo trabalhamos em casa como num formigueiro; minha mãe esfregava, batia, pregava, ajustava; as crianças entravam, saíam, gritavam.

O mato tinha invadido a horta e o canteiro de agrião. Armand pulava de alegria cada vez que conseguia arrancar daquela floresta um alho-poró ou outro legume. Eu olhava encantada as poucas flores que conseguiam um lugar ao sol em meio às plantas selvagens.

Quando a noite caiu, a casa estava em parte desinfetada, os lençóis estavam bem esticados e minha mãe, aliviada. No entanto, seria preciso começar tudo do zero, mas ela estava decidida a erguer o monte Pelée, se fosse necessário, para que pudéssemos viver em paz.

Os dias que se seguiram passaram depressa. Minha mãe, ajudada pelo meu irmão, colocou a horta em dia. Ela olhava as mãos cheias de bolhas e dizia: "Nunca é tarde demais para aprender. Nunca pensei que ia saber usar tão bem a enxada e segurar a foice. Acho que nem vou precisar mais do seu Louis quando ele voltar".

Foi no jardim que o padre Wecter a surpreendeu. Ele deu a volta na casa sem fazer barulho. Tinha o mesmo sorriso de quando nos deixou:

"Délie, você está aqui!"

Sem largar a braçada de grama que carregava, minha mãe respondeu: "Claro, padre, estamos aqui, mas tem um menino a menos, é a parte do vulcão. As janelas também estão faltando, o senhor viu?".

Falava com tristeza. Talvez houvesse uma leve repreensão em sua voz. O padre aquiesceu com a cabeça: "Eu entendo, mas é preciso que a vontade de Deus seja cumprida".

Nós brincávamos em torno dele. Ele nos olhava com bondade e eu me sentia feliz em revê-lo.

"Como cresceram, Délie! A irmã Berthe vai chegar logo. Vocês têm que vir para a prece da noite. Nossa Senhora do Livramento está aqui, resplandecente. Temos que agradecer por ela ter nos reunido de novo." Imediatamente corrigi: "Não foi a Virgem que fez a gente voltar, foi Élisa e também tia Acé que fizeram a gente subir no ônibus".

A indignação da minha mãe tomou o lugar da tristeza. Ela me fez sumir dali.

O padre parecia cansado. Suas costas haviam se curvado e seu andar se tornara pesado. Élisa, que chegava, perguntou como ele havia suportado os oito meses longe de sua paróquia. Ele respondeu que havia sido o último a deixá-la, sob as ordens do bispado. Fora para o vilarejo da Redoute.

O que não dizia era que ele também tinha sido o primeiro a retornar. Ainda não havia nem sacristão, tocava ele mesmo o Ângelus e arrancava o mato que invadia o pátio do presbitério. Além disso, à medida que as pessoas retornavam, pouco a pouco, o padre encorajava suas ovelhas com palavras gentis.

"Apanhei friagem", disse a Élisa, "estou com uma tosse horrível, mas não me dê ervas pra ferver. O médico em breve vai dar uma passada por aqui."

"O senhor está enganado, padre, em nove dias eu curo o senhor. Mas, se esperar o médico, vai ficar grave. Cuidado, padre, o senhor está mais cansado do que pensa!"

O padre a interrompeu quase com alegria: "Fique tranquila, Élisa, eu tomo chá de graviola, isso me garante um bom descanso à noite. Talvez seja mais eficaz que a tília, concordo, mas, de resto, Élisa, não consegui ainda definir as virtudes do chá nos quarenta e cinco anos em que estou aqui".

Élisa assentiu com a cabeça. O padre Wecter foi embora. Ele precisava fazer a ronda no vilarejo e o sol estava inclemente. Élisa o observou se afastar e disse pensativa à minha mãe: "Que pena que ele não pode rever o país dele, coitado!".

Pai Azou também foi nos visitar. Ele ficou sabendo do nosso retorno. Chegou com uma bandeja de raízes e frutas. "Ei, Délie! Délie!", chamava de longe. "Tudo bem? E as crianças? Venham cá pra eu ver se vocês cresceram. Trouxe jambos. Este ano todas as árvores frutíferas estão carregadas porque não teve criança pra balançar elas antes que as frutas ficassem maduras. Se vocês vissem na casa da Acé, os pés de chuchu subiram no telhado e as bananas estão apodrecendo no pé. Ainda bem que vocês voltaram!"

Ele ria de alegria e nos abraçava um a um com seus braços enormes. Ele nos contava sua odisseia com grandes gestos. Havia feito uma cabana na floresta e se alimentado de raízes. Retornou ao vilarejo quando a cabaça de sal que tinha levado se esvaziou. Viu que o vulcão se acalmara e permaneceu em casa. Duas semanas depois da evacuação, não havia vivalma no vilarejo, dizia ele.

Do fundo da bandeja, tirou dois sacos vazios de farinha. "Olha isso, Délie, não tenho mais nada pra vestir, estou com furos nos cotovelos e joelhos. Perdi a agulha de consertar meus trapos. E foram rasgando cada vez mais. Faz rápido uma camisa pra mim, eu preparo a terra do quintal pra você."

Minha mãe largou a enxada e a foice com pai Azou, instalou sua máquina à sombra dos bambus e começou imediatamente a rodar a manivela.

Eu estava feliz, reencontrava as testemunhas da minha vida, familiares para mim, os sons que eu amava, a fonte, os caniços, as libélulas dançantes nos canteiros de agrião e pai Azou um pouco mais enrugado.

Quando o ônibus passava, eu corria para a estrada e agitava as mãos, gritando: "Bom dia, cidade, bom dia, tia Acé!".

Depois das férias da Páscoa, as escolas abriram as portas e foi uma nova alegria. Eu passava as mãos no parapeito que cercava o pátio; admirava os bambus cheios de hibiscos. Os mapas de geografia me pareciam mais simpáticos do que nunca, as professoras, as mais bonitas, e nossa diretora, mesmo que já houvesse colocado a vara no seu escritório, menos severa.

Eu voltava correndo por entre as fileiras de papoulas vermelhas e arrancava flores das plantas rabos-de-gato assim que a inspetora virava as costas, simplesmente porque era proibido. Achava delicioso desobedecer, e essa delícia fazia parte da alegria que eu experimentava ao reencontrar a sala de aula.

Eu ia com frequência à igreja. Passava muitas vezes por lá com minhas irmãs para me ajoelhar diante da Virgem. Ela sempre esteve ali, mas agora eu a via com novos olhos. Desde o meu retorno, eu a redescobria com seu Jesus, de braços estendidos, branca e sorridente. Ela me parecia mais terna. Como eu era imitada por outras meninas, padre Wecter acabou por nos dizer que o caminho da escola não atravessava necessariamente a igreja. Queria ter lhe dito que, se eu entrava por uma porta e saía pela outra, era para expressar meu contentamento em reencontrar nossa igreja, mas não ousei.

De sua parte, minha mãe parecia estar esquecendo o passado doloroso. Quando falava da cidade, dizia: "Quando eu sobrevivia em Fort-de-France" ou "o destino quis que fosse assim".

O efeito das palavras tranquilizadoras que ela dizia se espalhava ao seu redor e a lembrança das batalhas travadas pelo pão amanhecido desaparecia.

Com uma paciência inacreditável, semelhante à de uma formiga, entre uma insolação e uma crise de reumatismo, minha mãe arrumava as tábuas uma a uma, comprava batentes e dobradiças. Pouco a pouco, as janelas foram substituídas.

As aprendizes haviam retornado e os fregueses, também. A horta tinha perdido seu ar de mato e só nos faltavam os animais.

Pai Azou nos deu uma dúzia de ovos de presente; Élisa nos emprestou uma galinha velha que passava mais tempo chocando do que pondo ovos e nós a prendemos perto do galinheiro. Invariavelmente, ela largava os ovos que lhe eram confiados e voltava a cacarejar na cama de Hurard, seu lugar predileto. A contragosto, aceitou a cordinha que a prendia e quebrou metade dos ovos. Depois, ela se acalmou e, dentro de um ninho bem macio de grama fina que lhe fizemos, afinal acomodou, sob nossos olhos encantados, os ovos entre as penas.

Minha mãe pegou um calendário e marcou o dia em que os ovos começaram a ser chocados e esperou. Ou melhor, nem precisou se preocupar, pois, a cada manhã, meu irmão e eu lhe lembrávamos, ao agitar o calendário, o número de dias que faltavam para termos pintinhos. Numa manhã, finalmente, ela disse a Élisa: "É hoje, vamos lá ver a galinha-mãe".

De fato, as cascas dos ovos estavam começando a se quebrar e já havia um pintinho que piava timidamente. Todas as crianças da vizinhança assistiam ao acontecimento. A galinha-mãe, atordoada de medo e ternura, inchava as penas e apontava o bico em nossa direção num movimento de defesa. Ao constatar isso, Élisa nos assegurou que, com o mau temperamento daquela galinha, ficaríamos sem nada.

Dois dias depois, minha mãe ralava, entre duas pedras grandes, grãos de milho para a ninhada e dizia, animada:

— Estão vendo, as coisas estão andando de novo! No ano que vem, vou ter três ou quatro ninhadas, quem sabe?

Élisa, por sua vez, havia aumentado sua casa e aberto um comércio. Sonson pintara numa placa a razão social da casa: POSTO DE VENDAS AUTORIZADAS. ESTABELECIMENTO PRIVADO.

Nossa vida se tornou então mais simples, nós não precisávamos mais percorrer um quilômetro, às vezes dois, para ir comprar uma lata de óleo ou um quilo de bacalhau. Bastava atravessar a rua. Vinham de longe comprar na loja de Élisa, porque seu coração era sensível e ela aceitava vender a mercadoria fiado. Como não sabia ler nem escrever, inventou todo um sistema de palitos que representavam centavos; as pedrinhas, por sua vez, representavam francos. Em caixas com formatos diferentes, guardava as contas de cada cliente. Aparentemente, Élisa não fazia nada para distinguir as caixas umas das outras, mas nunca se enganava. Ao fim de cada semana, chamava minha mãe, dava-lhe um caderno escolar grande e lhe ditava as dívidas de cada cliente.

Perplexa, minha mãe lhe perguntava às vezes se ela não confundia as caixas e as somas. Ela balançava a cabeça e contava pedras e palitos com a rapidez de uma máquina de calcular.

Os clientes, aliás, não ousavam enganá-la por medo de que ela pudesse ler seus pensamentos.

Para nós, as segundas e as sextas eram dias de festa na mercearia. Élisa recebia seus pacientes, deixando o caixa para entrar em seu consultório escuro. O marido devia substituí-la junto aos fregueses. Isso o entediava, ele preferia ficar fazendo reparos pela casa e designava o filho, Hurard, como vendedor. Hurard temia a solidão e nos chamava. Petiscávamos tudo que fosse possível: açúcar, chocolate, bolinho de bacalhau, pedaços de coco; sem falar de outras coisas, certamente as melhores!

Élisa tinha o dom da clarividência e, mesmo imersa num sono hipnótico, a ouvíamos gritar: "Hurard, deixa o açúcar. Frédo, sai daí! Marcelle, tem um cliente!".

Eu me recusava a crer que, por trás da divisória, ela podia me ver. Sua voz não me impressionava. Apenas sua presença me obrigava a largar a caixa de velas que me servia de massinha de modelar, ou a lata de banha que substituía a brilhantina na mercearia, transformada em salão de beleza. Entre duas consultas, Élisa aparecia atrás do balcão: "Sonson, ei, Sonson! Vem, as crianças estão me fazendo carregar água numa peneira. Bando de diabinhos, salve-se quem puder!".

Minha mãe estava fazendo dois pares de asas. Ela as colocaria nas nossas costas por ocasião da procissão de Corpus Christi.

O padre Wecter queria que essa cerimônia fosse particularmente bem-sucedida. Era preciso, dizia, agradecer a Deus por nos ter poupado de uma catástrofe.

O vilarejo, agora, estava completo. Claro, tinha havido alguns mortos, algumas ausências, como a de tia Acé, mas, aos domingos, à entrada da igreja e na sala da previdência social, todos os habitantes se encontravam com evidente alegria.

Nesses momentos, só se falava dessa procissão. Haveria seis anjos para enviar flores ao Santíssimo Sacramento. Nomeavam as crianças que dona Siméon havia escolhido. Cada um comentava o assunto à sua maneira. Por que ela havia escolhido só meninas? No entanto, elas eram bem menos comportadas que os meninos. E por que os filhos de fulano e não os deles? As filhas da Délie, que são vizinhas do presbitério, tudo bem, mas essa aqui e aquela lá?

Um dia, Hurard pegou o livro do catecismo, abriu-o e me mostrou um grupo de anjos revoando num Paraíso terrestre sob os olhos de ciclope do Pai Eterno: "Você viu os anjos? Então! Eles são brancos".

Aquilo me causou um choque inacreditável. Peguei o livrinho e observei atentamente a imagem que eu já tinha visto. Minhas mãos suavam, minhas orelhas suavam, como se eu segurasse brasa incandescente.

É verdade que eram brancos e que os cabelos macios flutuavam ao vento. Larguei lá o livro de catecismo, corri até a igreja e olhei para as estátuas dos santos. Logo acima do lugar onde eu costumava me sentar, havia o santo cura d'Ars: ele era branco. Pela primeira vez, o achei magro! Eu disse a mim mesma, bem, esse aí não comia muito! Depois, observei o Menino Jesus de Praga, envolto em rendas: era redondo e bochechudo, mas era branco. E Joana d'Arc, que olhava o céu, e são José, triste em seu altar, eram todos brancos! Mostrei a língua para são José! Como eu não havia reparado nisso antes?

Depois, no altar-mor, a Virgem e seu Jesus de braços estendidos num gesto de ternura... envergonhei-me de ter mostrado a língua. Ajoelhei-me diante de cada estátua e depois fugi.

Minha mãe estava terminando de confeccionar as asas. Tomei coragem e lhe perguntei por que os anjos no catecismo eram todos brancos. Ela pareceu desconcertada. Minha pergunta interessou a todas as crianças que me seguiam. Em princípio, nós a achávamos sábia; ela sabia resolver até questões da prova de obtenção do diploma do primário. Conhecia os poemas de La Fontaine, nos falava de Victor Hugo, da sua querida Jeanne, dos ingleses que haviam queimado a bondosa Lorraine. Sabia também rezar em latim, portanto não havia nenhuma objeção a que pudesse me dar uma resposta satisfatória.

Hurard, pérfido, acrescentou: "É mesmo, os anjos, eles não são pretos".

Minha mãe se desvencilhou do embaraço: "Parece que nós viemos de um anjo mau, tão cabeça-dura quanto Hurard. Pra punir ele, Deus pintou ele da cor de café preto, mas ainda assim, ele era uma criatura de Deus".

O dia de Corpus Christi chegou. Minha irmã e eu, tomadas pela atmosfera, havíamos esquecido os anjos do catecismo. O padre Wecter carregava o Santíssimo Sacramento sob um dossel dourado. Um coroinha levava incenso, outro tocava um sininho. Foi, para nós, um sinal. A cada nota, as meninas se viravam, dobravam um joelho e jogavam um punhado de pétalas de rosa no ostensório.

A procissão deu a volta no vilarejo. Nas janelas das casas, colchas de retalho florido foram penduradas e arcos do triunfo foram erguidos com samambaias imensas. Nossa casa estava decorada com hibiscos multicoloridos. Do lado de fora, em cima de uma mesa, minha mãe havia colocado uma estatueta da Virgem e seu crucifixo de madeira escurecido pelo tempo.

A celebração estava completa. Os que observavam a procissão se ajoelhavam à medida que o padre passava por eles.

 Esqueci, por fim, as palavras de Hurard e me identifiquei com o anjo azul, cuja roupa havia sido feita para mim. Depois da cerimônia, minha mãe veio nos buscar. Ela me encontrou tão radiante que, por sua vez, se sentiu orgulhosa e tranquila. "Viu", disse, "quando a gente usa toda a nossa fé, o que acontece? É o coração e o espírito que contam."

XVI

Tia Acé veio nos visitar. Ela havia perdido sua loquacidade e falava baixo, enxugando furtivamente as lágrimas que a cegavam. Élisa, a mulher do padeiro e minha mãe manifestavam surpresa ao ouvi-la. Eu não a reconhecia mais. Ela não havia sequer cantado para nós a última *biguine* em voga em Fort-de-France. Fiquei intrigada com sua atitude, mas, quando os adultos falavam, não podíamos ficar escutando: "Baixem os olhos, tapem as orelhas e vão brincar!".

O acaso, no entanto, se revelou bem-vindo na pessoa do pai Azou. Minha mãe havia feito uma camisa para ele. Ele tinha vindo buscar a encomenda. Minha mãe, com ajuda de um lápis, havia marcado as casas dos botões, mas as aprendizes já tinham ido embora.

"Costura pra mim!", ela me disse, "pai Azou parece apressado."

A tia me lançou um olhar e me viu absorvida no trabalho; então começou a falar diante de mim, enquanto eu prendia a respiração. Ao menor sinal de curiosidade, ela teria me posto para correr.

"Pai Azou, é uma desgraça! Eu não consegui tirar minha filha mais velha do mau caminho. Ela foi embora com aquele porco velho casado que faz metade das meninas da cidade como amantes! Ela só vê as joias que ele dá para ela. Não quer mais comungar. Que golpe para mim, que eduquei essa menina tão bem!

"Como assim", disse pai Azou, "a menina abandonou a igreja?"

"Pois é, meu amigo, ela passou dos limites. Todo mundo me olha de lado, é uma vergonha! O que eu vou fazer agora? Ela fala que esse velho barrigudo prometeu uma limusine pra ela. Mas o que que ela vai fazer com isso? Vai colocar meus abacates pra amadurecer lá dentro?"

Ela notou a minha presença não muito discreta e estendeu a mão para mim: "Me dá aqui, deixa que eu faço. Vai!".

O que tia Acé havia acabado de contar me perturbou. Eu imaginava um homem com cabeça de porco e focinho proeminente, que perseguia garotas. Chamei meus amigos e contei que tia Acé dizia que, na cidade, havia um bicho enorme que roubava garotas e as metia em carros. Cada um dava sua opinião. Deve ser um zumbi, diziam uns. Os outros pensavam que devia ser o diabo em pessoa... Presos na engrenagem de nossa imaginação, caminhamos um perto do outro para ir à escola naquele dia, com medo de encontrar tal abominação.

Acé tinha sempre reações inesperadas em face das adversidades. Quando a noite chegou, diante de um cesto de café a ser descascado, ela nos disse que estava cansada de alugar casa. Havia começado a construir uma.

"Comprei a estrutura de madeira do norte, o comércio de legumes está indo melhor lá do que aqui. Daqui a pouco, vou ter uma casa minha na cidade. Aluguei a daqui, mas vocês podem sempre ir lá colher chuchus. Antes de ir embora, preciso resolver um assunto de limite de terra com meus vizinhos."

Seu Maurice era o inimigo secular de tia Acé. Ele morava quase no limite que separava as propriedades da tia e dele. Quando uma mão indiscreta cortava a cerca da tia Acé, ela acusava seu Maurice. Quando pés vingativos pisavam a terra recém-sulcada do seu Maurice, ele dizia: "Foram os pés da Acé que passaram por ali", e sempre vinha pedir explicações. Assumia a postura de um galo de briga. Acé, só de vê-lo assim, perdia seu madras. Gritava: "Emmanuel Joseph Maurice, você é esperto igual a um rato; vai roendo a terra, movendo a cerca, você vai ver o que vai acontecer!".

Emmanuel Joseph Maurice respondia: "Deus do céu, por acaso você me batizou pra ficar repetindo meu nome inteiro toda hora? Eu estou te avisando, vai ter pedaço de vidro no meu quintal, já coloquei pontas de garrafa nele e, se seus sobrinhos vierem aqui, eles vão cortar os pés!".

Evidentemente, eles eram generosos demais para se machucarem um ao outro. Emmanuel Joseph Maurice nunca viu nada e também nunca colocou pedaços de vidro no jardim.

Os dois vizinhos alimentavam uma querela familiar que durava várias gerações. Nesse momento, com personagens novas, ela prosseguia.

Dessa vez, uma vaca de seu Maurice, ao que parece, saiu para pastar numa roça de batatas da tia Acé. A vaca foi acompanhada. Tia Acé foi até a divisa entre as terras e chamou: "Emmanuel Joseph Maurice!".

O interpelado surgiu, saído de uma plantação de inhames, com uma faca na mão: "*Ca ou lè?*".*

Pela primeira vez na vida, tia Acé não continuou em tom belicoso: "Nada", respondeu, "perdi meu galo vermelho, ele não está por aí?".

Estupefato, seu Maurice respondeu negativamente.

Tia Acé virou as costas, sufocou uma lágrima e murmurou para nós: "Nem posso mais insultar ele, ele deve saber da história da minha filha. Não façam besteira quando vocês crescerem, casem!".

Eu não via nenhuma ligação entre o porco que ela amaldiçoava toda hora e o casamento. Mas fiquei chateada com as

---

* "O que você quer?", em crioulo martinicano.

repercussões dessa coisa que impedia o furor de tia Acé e me privava de um espetáculo.

Armand estava se preparando para obter o diploma do primário. Que acontecimento! Minha mãe tremia e rezava muito tempo à noite. Com esforço, meu irmão havia preparado um caderno de recitação para a prova oral. Ele ensaiava seis belos poemas todas as noites em voz alta.

Mamãe lhe havia feito uma roupa branca linda de brim e mandado trocar as solas dos sapatos dele. À noite, ela deixava de lado os botões que precisava pregar e, à luz da lamparina, consultava seu dicionário, bem magrinho por conta de uma série de páginas que havíamos arrancado quando encontrávamos uma imagem que nos agradava.

Procurava palavras difíceis que fariam os candidatos tropeçarem. Sua maior preocupação era a aritmética. Todos os problemas do começo eram fáceis, mas meu irmão havia chegado ao final do livro lutando com densidades, frações a converter, prismas e hexágonos. Ela se fixava a lhe dar problemas suplementares que não conseguia corrigir. Ela não admitia a derrota. Depois da missa matinal, pedia que o padre Wecter os solucionasse. O padre vinha com a solução algumas horas depois. Armand estufava o peito e dizia que ele já a havia encontrado.

Um dia, mamãe teve a curiosidade de comparar as respostas de um dever e notou que eram diametralmente opostas quanto aos resultados. Armand, sem se desmentir, disse que o cura havia por certo se enganado. Minha mãe não sabia em quem acreditar. Como dizer tal coisa ao padre? Um dos dois resultados estava correto ou talvez estivessem os dois errados? A partir daquele momento, ela se pegou com Deus: "Ah, bom, que Sua vontade seja feita!".

De diferentes maneiras, os oito candidatos do município foram para Saint-Pierre, onde ocorriam as provas. Alguns haviam partido dois dias antes para terem tempo de tomar alguns banhos de mar, meio eficaz, diziam, para clarear as ideias e reforçar a memória.

Minha mãe acreditava mais na virtude dos escapulários que ela havia pendurado no pescoço de Armand antes de tomar o ônibus.

Pela primeira vez, ela tinha me deixado tomar conta de minhas três irmãs menores.

O crepúsculo havia caído fazia muito tempo quando o ônibus trouxe de volta meu irmão transfigurado e minha mãe chorando de alegria. Élisa e Hurard os aguardavam conosco. Élisa olhou Armand com admiração: "Que beleza, rapaz! Que beleza! Como você enxerga longe!".

Para dissipar a emoção, ela deu um tapa em Hurard: "Sua mula empacada, devia fazer igual!".

Os moradores das três casas da região estavam reunidos em nossa casa. Em volta da mesa, minha mãe contava: "Anunciaram em ordem alfabética os sobrenomes dos que foram admitidos. E o meu era o do meio! Cada vez que um sobrenome saía da boca de um examinador, eu sentia uma dor no peito, depois veio o do Armand. Minhas pernas me abandonaram. Caí de joelhos e agradeci à Nossa Senhora do Livramento".

Minha mãe estava tão feliz que fazia planos. Seu menino iria para a escola na cidade. Ele ficaria com a tia Acé. Quando fosse a vez de as meninas irem para uma outra escola, ela iria com elas. A ideia de deixar mais uma vez esse lugar que fazia parte da minha vida me contrariou e adormeci pensando que, quanto mais tarde eu conseguisse esse diploma do primário, melhor seria.

XVII

Não se atribuía mais nenhuma atenção ao vulcão que havia novamente se tornado um item de decoração inofensivo. Os homens caçavam saruês aos pés dele e as crianças se aventuravam longe o bastante nas encostas para colher framboesas. Com a produção da nossa plantação de agrião e da horta, minha mãe recolocou a casa de pé. Ela possuía um novo cofrinho.

Perto da nossa casa, o padeiro havia trazido uma porca e sua ninhada. Minha mãe comprou um porquinho, determinada que o comêssemos no Natal. Em breve faria quatro anos que nosso pai havia morrido. Ela deixaria o luto e nos prometeu um belo réveillon.

Enquanto isso, preparava o enxoval do meu irmão, que iria para a cidade. Élisa e a mulher do padeiro não poupavam conselhos. O menino não devia ficar flanando pela cidade e faltar à escola. Diziam que, em Fort-de-France, os meninos matavam aula com frequência para passar o dia na Savane ou no Jardin Desclieux. Era preciso que obedecesse a tia Acé e principalmente que fosse à missa todo domingo.

Por ocasião do Quinze de Agosto,* o padre Wecter havia pedido às crianças que levassem muitas flores para decorar o altar da Virgem. Com os braços cheios de flores, elas as haviam deixado na igreja no dia anterior à festa. Todas as variedades de

---

* Data cristã que celebra a assunção da Virgem Maria ao céu.

rosas se misturavam a lírios da altura de homens; dálias e hortênsias foram reservadas aos altares secundários.

Em meio a esse burburinho perfumado, o padre Wecter apressava todos para o confessionário.

"Rápido", dizia a irmã Berthe, "ele está cansado, o padre. Confessem e saiam!"

Os sinos da nossa igreja nunca haviam tocado tão alegremente; o sineiro havia aprendido a tocar as notas da Ave-Maria. As pessoas comentavam o fato entre elas. Uma multidão de gente assistiu à missa para ouvir os sinos badalarem.

No momento da elevação, o padre Wecter, com os braços estendidos para a oferenda da hóstia, curvou-se para a frente, apoiando a cabeça no altar. O sacristão, atento, notou o movimento inabitual. Apressou-se, ajudado por outro homem. Com o rosto pálido e os olhos fechados, o padre parecia sem vida. Ele foi levado ao presbitério. Um médico que passava as férias ali correu para junto dele. Pouco depois, as pessoas se agruparam na entrada da igreja, à espera de notícias. Durante a tarde, dona Siméon informou que o padre estava muito doente e que iriam levá-lo. A notícia se espalhou como rastilho de pólvora. A sombra da desgraça se abateu sobre a paróquia. Por quase meio século, não se jurava ou falava senão em nome do padre Wecter. Ele tinha formado várias gerações de cristãos; ninguém cogitava sua substituição.

"Outro vigário", diziam, "como vai ser isso? Ele não vai conhecer ninguém."

O sucessor do padre Wecter teria muitas dificuldades, pois a ele seriam atribuídos, de antemão e sem razão nenhuma, todos os defeitos.

Gostando ou não, os habitantes do município o viram chegar numa manhã. Tinha uma barba grisalha e estava acompanhado de um irmão de batina de origem indiana. Foi uma verdadeira revolução!

"Deve ser um preguiçoso esse padre", disse um, "para ter trazido um irmão com ele." Outro alardeou que "ele usava óculos e precisava aproximar bastante o breviário dos olhos, certamente não enxergava muita coisa". Seu Louis, o coveiro, repetia o nome do recém-chegado, padre Galo.

Ah, o nome lhe caía bem, pois tinha vindo a galope para ocupar o lugar do padre Wecter. Era descrito de tal maneira que, no primeiro domingo em que oficiou na paróquia, as crianças fugiram quando ele se aproximou. Quanto ao irmão, chamavam-no simplesmente de "pequeno *coolie*".

Os cantores, cheios de nostalgia pelo padre Wecter, acharam o novo padre um personagem bastante arrogante, e os fofoqueiros só se aproximavam dele para lhe perguntar maliciosamente o dia do retorno de seu confrade.

O padre Galo sentia a hostilidade descontrolada de seu rebanho e tentava, com belos sermões, dissipá-la. O irmão tagarelava ingenuamente com Deus e todo mundo. Um burburinho se espalhou de que ele era vidente e profanava a sacristia ao oferecer consultas.

Isso não passava de boato maldoso. Chegou, no entanto, ao bispado. O bispo apareceu num domingo, pouco antes da peregrinação de Nossa Senhora do Livramento e bem na hora em que os sinos anunciavam a missa. Do alto do púlpito, falou calmamente aos paroquianos e os alertou contra a maldade, indigna dos bons cristãos: se o padre Wecter não estava mais ali, é porque a vida dele estava em perigo; se o padre Galo tinha um assistente, era porque a paróquia era importante.

O auditório se sentiu culpado. Cada um acreditava que as palavras do bispo se endereçavam a si próprio. Cada palavra designava os pensamentos secretos de todos.

Nós, as crianças, estávamos persuadidas de que o bispo sabia que, ao passar diante do presbitério, gritávamos: "Galopa, cavalinho! Galopa, cavalinho!".

Finalmente, quando o bispo terminou sua pregação, fez o padre Galo conquistar mais simpatia do que o interessado havia conseguido em três meses.

Na saída da missa, seu Sonson, conhecido por sua incredulidade, disse, em alto e bom som na sala do dízimo, que o bispo tinha razão, que era preciso deixar o padre em paz e que, aliás, levaria um inhame para ele. Seu Louis acrescentou que, se o padre tinha olhos ruins, tinha braços bons, e que o viu capinar o próprio jardim. Por fim, a vendedora de peixe concluiu, dizendo que o homem cantava muito bem o Credo.

No entanto, a atitude rígida do padre e a lembrança à beira da idolatria que mantínhamos do padre Wecter abriam um fosso entre os paroquianos e o presbitério.

Muitas vezes, eu tinha vontade de correr atrás dele para lhe dizer como eu tinha boas notas na escola ou contar como o mangusto havia pegado a galinha-mãe. Pena! Seu sorriso frio me paralisava.

O padre Wecter, longe de ver sua saúde melhorar, se enfraquecia cada vez mais. Certa manhã, chorando, dona Siméon veio nos informar a morte dele.

A igreja, então, me pareceu triste. Nunca mais a voz do alsaciano ressoaria ali. Por que ele estava morto? Eu começava a questionar o porquê das coisas e sentia, confusamente, que um pouco da minha infância se esvanecia.

O casamento da querida prima Inès foi apressado; era preciso que acontecesse antes da partida de Armand, que deveria carregar a cauda da noiva junto comigo.

A prima Inès era uma verdadeira moça de família, como se concebia no vilarejo. Ia à igreja aos domingos, à instituição paroquial. Sabia costurar, cozinhar, tinha seu diploma do primário; era bonita, o que não atrapalhava. Quando um jovem pedreiro, de um vilarejo vizinho, pediu a mão dela em casamento, até as linguarudas se alegraram.

Inès era órfã de pai. Sua mãe havia tido dez filhos. Era tão pobre que não hesitou em se separar da metade deles em benefício de muitas famílias que quiseram cuidar deles voluntariamente. Inès havia sido entregue à madrinha, a sacristã dona Siméon. Inès trabalhava com as freiras e havia aprendido com elas a se comportar como uma moça bem-educada. Às vezes, ela vinha nos cumprimentar e chamava nossa atenção por falarmos sempre em patoá. Ela me dizia que não era muito bonito ter dezenas de bolinhas de gude, piões e estilingues no lugar de bonecas.

Era tão meiga que eu me deixava levar e começava um trabalho de costura com ela, que eu nunca terminava. Assim que ela ia embora, eu guardava tudo e a observava passar pela porta do convento, pensando que eu conseguiria ser tão comportada quanto ela sem ter de viver atrás daquelas paredes

Naquele domingo, havíamos sido convidados para o casamento dela. Para entrar bem no clima, antes de ir, brincamos de noivar. Eu havia escolhido Frédo como parceiro e aquilo não agradou Hurard; uma confusão generalizada se seguiu. Nossas mães resolveram a questão nos proibindo de nos vermos durante o dia.

Havíamos vestido a roupa de ocasiões especiais. Minha mãe usava um chapéu de palha italiano no qual costurou uma flor. Eu a achei tão linda que quis lhe dar a mão.

Tínhamos rapidamente percorrido os trezentos metros que nos separavam da casa de dona Siméon.

Os pais dos noivos estavam no pátio, conversando e rindo. Eles nos receberam com alegria. Eles não me interessavam de forma alguma. Eu queria ver como era um noivo. Uma noiva devia ser como Inès, me diziam sempre, mas um noivo? Será que falava baixo? Ia à missa?

Inès estava lá, no meio dos convidados, com o vestido rosa que a tornava ainda mais bonita. Também vi o noivo, ereto em seu terno de brim branco engomado em excesso. Sorria extasiado. Inès fez as apresentações, mas parecia que ele ouvia tudo distraidamente. Toda hora, ele pegava as mãos da noiva, o que encantava a plateia. Com muitas brincadeiras, eles foram separados. A sacristã se desculpou por não poder oferecer um verdadeiro jantar de noivado como mandava o costume. Ainda assim, ela havia organizado bem as coisas. Uma montanha de doces e bolos, que duas mulheres haviam preparado, compunha uma mesa florida. Os pais do noivo tinham levado bebidas. Os ponches ajudavam a soltar a língua dos convidados e cada um contava sua versão da festa.

O prefeito havia emprestado seu fonógrafo para a ocasião. Orgulhosa da minha experiência, expliquei a minhas irmãs que eu tinha visto um aparelho similar na cidade. Tia Acé, que viera para o evento, havia trazido discos.

Dona Siméon convidou as pessoas para se sentarem às mesas. A hora solene estava prestes a acontecer. A aliança foi escondida num buquê de rosas. Os noivos, sentados lado a lado, continuavam a se dar as mãos quando achavam que não estavam sendo observados. Dona Siméon dividiu o bolo, serviu ponche aos homens, vermute às mulheres e limonada às crianças. O pai da noiva fez um discurso do qual não compreendi nada. Terminou dizendo com ar zombeteiro: "Agora, meu filho, pode ir". O rapaz se levantou e mexeu impacientemente no buquê. Encontrou o anel tão depressa que tive a impressão de que já sabia onde ele estava escondido.

Inès mantinha as mãos sob a toalha de mesa. As piadas corriam. O futuro sogro era incansável: "Olha, minha filha, não esconde a mão agora que já a deu a meu filho!".

Gentilmente, o noivo pegou a mão esquerda dela e colocou o anel. Inès, comovida até as lágrimas e tímida em excesso, recusava-se a olhar ao redor. Todos os cumprimentaram. Dona Siméon acrescentou: "Agora vocês podem se beijar!"; e dirigindo-se aos convidados: "O que vocês querem? Quando a gente tem que cuidar de uma moça, é uma grande responsabilidade. Eu nunca deixei os dois sozinhos".

O rapaz não conseguiu beijar Inès em público, ela escondia o rosto entre as mãos. Para tirar o casal daquela situação, minha mãe pediu a Inès para buscar um copo na cozinha para colocar o novo buquê que acabava de chegar. Não foi preciso pedir duas vezes a Inès, e o noivo, com um sorriso de gratidão, a seguiu.

Armand e eu achamos que Inès estava demorando demais para trazer esse copo. Meu irmão decidiu ver o que estava acontecendo. Eu o vi inclinado em direção à porta da cozinha. Ele também não retornava. Escapei e esbarrei nele. Eu queria ver o que o interessava tanto.

Inès, sem relutância, convencida de que estava sozinha, deixou finalmente que o noivo a beijasse. Eu levantava o nariz, bem decidida a não perder nada do espetáculo. Meu irmão pareceu indignado e disse: "Não olha esse porco beijar a Inès, isso é pecado".

O barulho da nossa conversa os trouxe de volta à realidade. Inès se inclinou na direção de Armand e disse radiante: "Não é pecado ficar noivos; aliás, o padre Galo fala isso".

Até aquele momento, as pessoas se casavam sem que eu ligasse. Mas a visão desse casal se beijando me criou um problema que eu estava longe de resolver. Ainda mais que Armand, a quem pedi explicações sobre o porquê de o beijo ter lhe causado escândalo, me respondeu com um peremptório: "Porque sim...".

O inimigo invencível de tia Acé mandou um homem nos avisar que a casa do pai Azou estava aberta havia vários dias e que ele estava intrigado. Toda vez que passava por lá, via os objetos no mesmo lugar. O mel tinha transbordado da colmeia e nenhum fogo tremulava na lareira. Pai Azou nunca se ausentava por mais de um dia. Ele era uma pessoa séria e tinha prometido arar um pedaço de terra na propriedade de seu Maurice, mas nada tinha sido feito.

Minha mãe advertiu tia Acé, que chegou depressa e chamou a polícia. Eles vasculharam a região das falésias frequentada por pai Azou, mas logo desistiram. Declararam que o velho talvez houvesse se mudado de município e foram embora tranquilamente. Um dos dois enxugou a testa e disse, suspendendo os ombros: "De todo modo, ele era bem velho! Em termos legais, o caso está arquivado".

Élisa não se deu por vencida. Foi até a casa do pai Azou, acompanhada de tia Acé e de todas as crianças do bairro. O desaparecimento do velho nos comoveu fortemente.

Agarrei-me à saia de Élisa. Ela pegou uma roupa do pai Azou, a apalpou, sentou-se no banco lendário do amigo e pareceu adormecer. A tia nos recomendou fazer silêncio. Élisa balbuciava algumas palavras entrecortadas: "Que sua alma repouse em paz... ele não terá outra sepultura além das samambaias e musgos da falésia onde caiu... Ninguém poderá tirá-lo de lá! Que ideia essa de procurar inhames selvagens lá... ele tem um cesto cheio deles espalhados por aqui... ele escorrega, ele cai, ele geme... acabou, rezem... rezem...".

Tia Acé chorava baixinho. Para disfarçar a emoção, lançou um olhar irritado em nossa direção: "Vocês não podem ir brincar lá fora, não, bando de diabos?".

Élisa voltou ao normal: "Não temos mais nada a fazer aqui, Acé. Manda rezar uma missa para ele. É isso".

Entendi que ele estava morto. Minha mãe não sabia. Com um tom falsamente contente, ela me disse: "Você sabe, pai Azou, então! Ele com certeza voltou para a Guiné. Lembra como ele era orgulhoso de ser um negro da Guiné? Ele vai fazer uma viagem ótima. Chegar até lá, nossa, que sorte!".

Minha mãe sabia mentir para me poupar da tristeza e eu sabia evitar perguntas para não a chatear.

XVIII

O casamento de Inès foi celebrado com esplendor. Ela construiu sua casa e seu destino com o companheiro que escolheu. Outubro se aproximava. Minha mãe, tremendo, ajeitou numa mala as roupas do meu irmão que ia para o internato.

No dia de sua partida, ele abraçou todos nós, me deu suas bolinhas de gude e roseiras para tomar conta, coçou o pescoço do porco, que se deitou aos seus pés. Disfarçava a emoção falando um monte de coisas nas quais não pensava e foi embora... minha mãe o acompanhou, o medo e a esperança a animavam. Os dois sentimentos a deixavam ora triste, ora orgulhosa. Ela nos deixou aos cuidados de Élisa, pois ficaria muitos dias ausente.

Durante esse tempo, eu tinha a incumbência de levar minhas irmãs à escola. Esse primeiro outubro sem meu irmão foi uma coisa difícil. Passei imediatamente ao posto de primeira, eu devia, a partir dali, carregar a tocha, defender minhas irmãs, ser mais atenta, não contar com ninguém na escola. Não podia mais dizer, quando brigava na escola com meus colegas: "Vou buscar meu irmão", ou pensar nele quando meu problema fosse muito difícil de resolver. Cabia a mim ajudar e saber as coisas. Agora, minha mãe só tinha olhos para mim. Eu teria que conseguir o famoso diploma do primário.

Convencida de que não escaparia, dediquei-me particularmente a cuidar dos meus deveres. Consegui até não conversar durante as aulas, apesar da vontade que eu tinha de saber como meus colegas haviam passado as férias.

Minha nova professora observou a turma que lhe foi confiada; com um faro profissional, detectou de imediato as alunas que lhe dariam dor de cabeça. Ela as classificou como do "grupinho". Fiquei com tanto medo de ser colocada ali que qualquer inclinação à preguiça desapareceu definitivamente. Ela até me fez um elogio, o que me deu a coragem necessária para aprender tudo o que ela quisesse.

Na ausência da minha mãe, Élisa não se esquecia de me lembrar que eu era a mais velha: "Armand não está mais aqui. Agora ajuda suas irmãs a tirarem os sapatos"; "Armand foi embora pra cidade, é você que tem que colocar o porco pra dentro do abrigo de noite".

Minha mãe retornou de Fort-de-France bastante decepcionada e nos explicou que, de agora em diante, nosso irmão teria muitos professores. Para ver todos eles, ela precisaria de uma semana inteira! Ela tinha visto Armand de pé, num canto do pátio, olhando seus novos colegas. Nossa mãe voltara com essa imagem do filho mais velho triste e perdido.

Ela se tranquilizou quando me viu exibir orgulhosamente os livros que a professora havia me emprestado. "Ainda não acabou! Vai ter um livro de geografia grosso assim e um livro de ciências. A gente é muito grande na nossa turma pra ficar copiando as lições! No ano que vem, vou tirar meu diploma."

Com a voz tranquila, mamãe concluiu: "Que bom! Vamos todos embora do Morne-Rouge, vamos ficar todos juntos de novo".

Meu irmão se adaptou muito bem à nova vida. Ao retornar para o Natal, havia refinado seus modos e não falava mais patoá. Ele nos contou que, além da escola, em seus momentos de lazer, jogava futebol e havia se juntado a um grupo de escoteiros chamados "iluminadores". Achei isso estranho. Eu o imaginava acendendo candeeiros na rua à noite. Ele estufou o peito, disse que eu não passava de uma tolinha e fez um longo discurso no qual o nome de um inglês aparecia toda hora. O público arregalava os olhos e não acreditava no que ouvia. Como, em tão pouco tempo, ele conseguira conhecer gente tão importante? Teve a modéstia de nos dizer que o tal inglês não morava em Fort-de-France, mas no "outro país".

Ele voltaria para a Páscoa e teria um uniforme como o dos soldados. Os escoteiros viriam acampar no Morne-Rouge. A gente ia ver...

E vimos mesmo chegar, alguns meses depois, uma tropa de jovens como nenhuma outra. A duzentos metros deles, crianças ofegantes corriam como batedoras, entrando em suas respectivas casas para anunciar a boa nova. Corriam às plantações da região para avisar os pais. As mulheres largavam as panelas e os homens, as enxadas. O secretário da prefeitura colocou sua caneta-tinteiro atrás da orelha e o padre fechou o breviário. A vendedora de peixe contou que os viu chegar a Saint-Pierre, que não haviam tomado o ônibus como ela para subir a colina, mas que vinham a pé. A carteira, correndo, parou em frente à nossa porta e disse à minha mãe: "Délie, eu vi seu filho. Ele está usando um chapéu grande assim! Está com os escoteiros e está muito bonito!".

Foi a deixa para que ficássemos plantados bem no meio da estrada. Os garotos chegaram cantando. Tinham todos um bastão grande. O chefe soprou um apito estridente e adentraram um terreno vago perto da nossa casa. O chefe gritou: "Parem!".

Estávamos todos lá. Não ousamos chamar Armand, ele veio correndo até nós. Minha mãe o apertou contra o peito, mas eu já havia sorrateiramente ido para o meio dos outros meninos para admirar melhor os pompons que usavam nas meias. O chapéu de abas largas agradou muito seu Sonson, que perguntou ao chefe onde ele poderia comprar um daqueles para se abrigar do sol.

Foi, portanto, o retorno triunfal para casa. Armand ficou rodeado de vizinhos que lhe faziam perguntas. Meu irmão falava de Baden-Powell, de cachimbos indígenas e totens. A mulher do padeiro achou que ele estava muito inteligente, mas o que interessava minha mãe era saber se ele estava se esforçando bastante na escola. Ela lhe pediu para tirar o chapéu e deixar o bastão num canto. Lançou um olhar reprovador aos pompons das meias e afastou a cabeça do monte de fitas que caíam do ombro dele. E disse com um tom firme: "Muito bem! Você está muito bonito, espero que seus cadernos estejam tão bonitos quanto você. Faz três meses que não recebo suas notas. Como elas estão?".

Armand pareceu constrangido e articulou com dificuldade: "Eu não estou no quadro de honra; raiz quadrada é muito difícil!".

Minha mãe replicou: "Um pouco mais difícil que carregar um bastão. Vou ter que voltar pra cidade e depressa!".

Élisa tentou acalmar minha mãe: "Aqui, com os meus legumes, as raízes são longas, não consigo arrancar elas da terra com facilidade. Imagina se elas fossem quadradas! Enchem muito a cabeça das crianças. Coitado do Armand!".

Os escoteiros se alimentaram e foram para o monte Pelée, onde deveriam acampar por uma noite. Minha mãe observou a tropa se afastar, acompanhada de um bando de crianças que corriam ao redor dela. Murmurou, comovida: "Nunca imaginei, mas ele marcha bem, meu filho; daqui uns anos, ele vai ser soldado".

Os dias e os meses passavam. Os pequenos incidentes da vida cotidiana se repetiam com poucas variações. Meu irmão havia recuperado o ritmo e agora obtinha boas médias na escola. Fora um enorme cachalote que mobilizou os povoados vizinhos, nada perturbava a relativa paz da comunidade. Armand teve permissão para ir a uma excursão ao Prêcheur, onde o enorme cetáceo havia encalhado. Ele nos contou que, mesmo com uma escada grande, um homem não conseguiu alcançar os olhos do bicho e precisou de vinte minutos só para dar a volta ao redor dele. Disse também que duas embarcações se prepararam para rebocá-lo para o alto-mar, por medo de uma epidemia. A vendedora de peixe ficou verde de desgosto e disse que aquilo era muito desperdício: tanta carne num único peixe e nem um pedacinho para vender!

Depois o cachalote foi esquecido; as férias terminaram. Tínhamos, cada um, um ano a mais. Armand foi embora cheio de planos.

Com fervor, eu me preparava para o exame do diploma do primário. Por minha vez, escolhi poemas que copiava num belo caderno e minhas irmãs me escutavam declamar com alegria.

Para pedir a ajuda de Deus, minha mãe me mandou recomeçar uma novena para a Virgem. Eu acreditava no sucesso, mas ficava apreensiva em relação ao que aconteceria depois.

Élisa já previa que eu conseguiria obter esse diploma! Minha mãe também já estava escrevendo à srta. Marthe, à tia Acé, à madrinha Julie, para procurarem um lugar para morarmos na cidade. Estava decidido, todo mundo iria embora.

Minha mãe nos fez vestidos com bainhas muito longas para o momento fatídico em que fôssemos para a cidade. Ela não queria ser pega desprevenida e, por causa da experiência do nosso primeiro exílio, preparava minuciosamente a partida. Ela procurava um locatário sério que pudesse tomar conta da casa e do jardim. Foi uma comoção eterna. Os objetos mudavam de lugar e passavam de uma mala a outra. Às vezes, mamãe parava e me olhava: "E se você não passar? Já viu tudo que arrumei?".

Sem querer decepcioná-la, parti numa manhã com meus colegas de sala para Saint-Pierre, decidida a passar.

Minha professora havia tirado um peso das minhas costas, ao me assegurar que ela exigira dos seus alunos, ao longo de todo o ano, mais do que era necessário. Ela dizia: "Não há razão para você não passar". De fato, não havia, só a ansiedade.

Sentada numa grande sala, com alunos vindos de outros municípios, me senti enjoada. Tudo girava em torno de mim. Havia perdido a confiança de me gabar para as outras meninas. Enquanto o examinador ditava a prova de ortografia, minha caneta dançava sobre a folha e eu não conseguia controlar os dedos. Olhei para um menino sentado perto de mim, ele parecia desconfortável. "Se a sala inteira está passando mal, deve ser assim mesmo nos exames", pensei.

Até então, eu escrevia mecanicamente, sem entender do que se tratava, depois, um milagre aconteceu, "eu escutava". A voz do examinador ganhou timbres mais reais. Ele dizia: "É uma areia fina e macia como a de uma praia".

A partir desse momento, em que passei a entender o que saía da boca dele, nada mais me parecia árido. Como no ditado, tudo se tornou macio. Ele anunciou o ponto-final e compreendi que a partida estava ganha; o mais difícil havia sido feito, eu tinha vencido a ansiedade.

Mesmo que o inspetor, do alto do primeiro andar, não tivesse lido meu nome na lista de premiados, eu não sentiria o medo que experimentei de manhã, ao entrar na sala. A professora sorria; desde a Páscoa, ela não o fazia mais, por estar muito preocupada. Uma mulher gritou: "As sete meninas do Morne-Rouge passaram, viva a professora Doyen!".

Para ela, era uma vitória, sua consciência profissional havia sido recompensada. Percebi que o reconhecimento que devia a ela era doravante imenso. Ela felicitava os alunos como minha mãe, dizendo: "Muito bem, continue assim, você está crescendo".

Você está crescendo... era um prognóstico assustador para quem era naturalmente indiferente.

Tia Acé encontrou uma casa em Fort-de-France. Escreveu dizendo que tinha dois cômodos, uma cozinha, um pátio também, nada de jardim e muitos vizinhos. Era possível, em caso de necessidade absoluta, alimentar galinhas, mas porcos, não, pois a "fiscalização" se tornava cada vez mais severa. A escola ficava um pouco longe, mas havia muitas crianças que iam.

Minha mãe lia com evidente emoção as linhas que concretizavam seu desejo de ir embora. Sem pressa, procurou alugar a casa, ligou para o futuro locatário e lhe fez sua proposta.

Seguindo o mesmo método, certa manhã, ela se despediu dos amigos do Morne-Rouge, entregou as chaves aos novos ocupantes da casa e nos acomodou num caminhão. Eu já havia acumulado tristezas demais na cidade para não me sentir morta por dentro. Confiei meu jardim a Frédo e Hurard. Frédo fungava, pois ainda estava resfriado, Hurard se curvou em dois, com as mãos nos joelhos. No que ele estaria pensando? Certamente na disputa que teria com Frédo para ver quem ficaria com meus ramos de cravos. A mulher do padeiro também estava lá e Élisa prometeu nos visitar com frequência.

Ao chegar à casinha de Terres-Sainville, os vizinhos das outras casas nos observavam fazer a mudança. Uma mulher gritou: "Mais esse monte de criança por aqui, de onde eles tão saindo?".

Outra replicou: "Foi o vento que trouxe lá de cima. Olha como são parrudos!".

No momento em que começávamos a adormecer, depois de um dia cheio, uma briga estourou na rua e chegou à casa ao lado. Minha mãe suspirou: "Coitados dos meus filhos, onde viemos parar?".

No dia seguinte, a proprietária nos pediu para não nos alarmarmos: isso acontecia às vezes, aos sábados, quando a filha e o genro voltavam das festas. A filha, com olhos inchados de sono, saiu de casa e proferiu tantas injúrias que minha mãe fechou rapidamente a porta.

Tia Acé havia nos deixado um bom suprimento de água para que não fôssemos pegos de surpresa quando da nossa chegada. Na manhã do terceiro dia, o reservatório esvaziou e foi preciso fazer como todo mundo. Munidos de baldes e recipientes diversos, tomamos o caminho da fonte pública. Fazer fila era coisa desconhecida do povo do bairro. Eles diziam: o mais forte ganha! Invariavelmente, a água corria bem embaixo dos nossos narizes. Cada vez que Armand e eu aproximávamos nossos baldes, uma criança do bairro, treinada nesse esporte, colocava o dela na nossa frente, dizendo: "Eu não estava aqui, mas meu balde estava. Vou na frente".

Alguns vinham com uma fileira de recipientes que não acabava nunca. Tia Acé, a caminho do trabalho, nos encontrou na fonte. Estávamos sentados em cima dos baldes virados, esperando um momento favorável. Ela logo entendeu a situação. Com ar decidido, pegou um balde, colocou sob o nariz de uma mulher e proferiu: "Ou eu encho esse balde, ou taco ele na sua cabeça!".

A interessada pareceu não apreciar tal chapéu. Afastou-se e nós tivemos toda a água que queríamos. Tia Acé não se furtou de dizer: "Quer dizer que vocês não querem que meus sobrinhos peguem água? Daqui a pouco vocês vão me pedir pra comprar verdura fiado! Estou esperando vocês!".

Não fizeram ouvidos de mercador e, dali em diante, quando era nossa vez na torneira, nos davam lugar.

Alguns dias depois da nossa chegada, minha mãe chamou a proprietária para mostrar a ela que o piso do quarto se movia: "É de propósito!", exclamou a mulher. "Assim, dá para afastar os ratos que vêm morar aqui, você vai ver, é útil!"

Mamãe levantou as tábuas, colocou enxofre e desinfetante e, como de costume, começou a pregar o assoalho.

No domingo de manhã, ficou com vontade de abastecer a casa de carne. Diante do açougueiro, cem braços se estendiam: "Seu Gilbert, seu Gilbert!", gritava a multidão.

Seu Gilbert, de peito nu e cabeça raspada, parecia um carrasco. Ele fazia as pesagens em meio a muitos insultos. Às vezes, um cliente indignado protestava: "Seu Gilbert, o senhor nunca deixa a balança funcionar, coloca a mão antes que o ponteiro tenha tempo de se mover. Eu sempre levo metade do que peço pelo mesmo preço".

Cinicamente, seu Gilbert pegava o dinheiro e zombava: "Não tenho tempo a perder esperando que a balança funcione. Tenho olho e mão. Se não quiser, tem quem queira".

Vinte mãos aguardavam e o desafortunado não pôde fazer nada além de se calar e sair.

A vez da minha mãe chegou.

"O que você vai querer? Se não falar, não consigo adivinhar!".

Ela falava, minha mãe, mas a voz era sufocada por uma enxurrada de gritos: "Quero um quilo de bife".

O homem gritou: "Bife, bife! E eu faço o que com os ossos? Comprei um boi inteiro, gente, com o rabo e os chifres. Vendo de tudo, até os cascos!".

Assustada com o raciocínio, minha mãe pegou uma tira de carne com um osso enorme que o patife lhe estendeu. Tudo era pesado. Só lhe restava pagar e sair.

Uma mulher interpelou nossa mãe: "Tem que ir na cidade aos domingos pra comprar carne; tem menos osso no bife".

Minha mãe sorriu para esconder o desgosto: "Vou à cidade, domingo, vai ser melhor".

Tia Acé nos aguardava em casa. Ela pegou o infame pedaço de carne, encolhido numa cuia, e começou a rir:

"A cidade é isso aí! A vida é isso! É uma luta, mas é preciso vencer! Você ainda vai ouvir muitos palavrões; as pessoas daqui não respeitam nada, nem mesmo as crianças. Quando eles têm vontade de falar alguma coisa, falam. Vocês nunca vão conseguir mudar isso. A miséria faz o povo chorar, mas também faz rir, brigar e dançar. Você vai ver no Carnaval!

"Olha pras suas filhas, elas estão crescendo e, se você quiser poupar elas do pensionato, se quiser um pouco de luz pros seus filhos, tem que ficar…"

Tia Acé sem dúvida tinha razão, mas nesse cortiço, onde eu iria enfrentar o duro aprendizado da adolescência, o mundo encantado da minha infância estava prestes a desaparecer.

Os mundos da menina Françoise

Maria Clara Machado

A obra de Françoise Ega (1920-76) passou décadas relegada ao pó das gavetas fechadas. Os livros da autora martinicana de expressão francesa foram publicados originalmente entre as décadas de 1960 e 1980, passando muito tempo esgotados e restritos ao interesse solitário de familiares que preservam seu acervo. Com a reedição das obras a partir de 2021, vemos emergir do esquecimento perspectivas inusitadas da voz negra, feminina e herdeira de escravizados de Françoise Ega.

No romance memorialístico *O tempo da infância: Relato da Martinica*, publicado agora pela primeira vez em português, a autora reelabora literariamente as memórias de infância da menina que foi, no norte da ilha da Martinica, durante a primeira metade do século XX, num tempo em que os madras compunham adereço indispensável à vestimenta da mulher antilhana. O livro foi lançado em 1966, sob o título *Le temps des madras: Récit de la Martinique*, pelas Éditions Maritimes et d'Outre-Mer, e republicado, em 1989, pela L'Harmattan, ambas de Paris, e em 2025 pela canadense Lux.

Na narrativa, acompanhamos a vida da garota pobre e negra que narra seu cotidiano, em meio à família, aos amigos e vizinhos, revelando uma dinâmica de socialização ancorada na solidariedade e na vida em comunidade. Nascida no interior da Martinica, Ega nos conta desse tempo em que era possível viver do que se plantava em comunidades rurais quase que totalmente apartadas do mundo da metrópole, a não ser pela presença de algumas instituições, como a pequena escola e a igreja locais.

Ela evoca paralelamente o passado de seus ascendentes escravizados, a colonização da ilha pelos franceses, a vida pós-abolição, as relações da Martinica com a metrópole francesa, as dinâmicas de classe e raça em sua terra natal. Ao longo da narrativa, é possível perceber diversas semelhanças culturais, geográficas, climáticas, mas também históricas, entre a pequena ilha antilhana e o Brasil, revelando sobretudo experiências compartilhadas de colonização e escravidão.

A descoberta de outros mundos

É mais ou menos de forma imprevista, com certo espanto e ao mesmo tempo sensação de pertencimento, que a protagonista de *O tempo da infância* vai descobrindo um passado comum com outros povos e desvendando um pouco mais sobre sua ascendência. Ao conversar com pai Azou, velho amigo da família que tinha sido escravizado, a narradora descobre que ela mesma descendia de escravizados e que seus primeiros antepassados haviam sido trazidos da África para a ilha. Ela então se dá conta dessa genealogia compartilhada com outras regiões do "Atlântico negro"* e da África: "Havia guardado uma coisa, que o 'outro país' não era só a França, havia também a Guiné, cheia de gente forte como pai Azou e, mais longe ainda, países repletos de coqueiros com gente que se parecia comigo".

A conversa com pai Azou enseja a entrada em um universo até então desconhecido pela narradora. A partir de uma pergunta aparentemente simples, ela alcança um mundo complexo,

---

* Ver Paul Gilroy, *O Atlântico negro: Modernidade e dupla consciência*. Trad. de Cid Knipel Moreira (2. ed. São Paulo: Ed. 34; Rio de Janeiro: Universidade Cândido Mendes, Centro de Estudos Afro-Asiáticos, 2012).

que abre as primeiras gavetas de seu arquivo ancestral: "O que são os escravos? Tinha muitos?". De fato, houve milhares. Foram cerca de 12 milhões de pessoas traficadas da África e levadas às Américas e ao Caribe durante os séculos de escravidão.

Os franceses ocuparam suas antigas colônias no Caribe ao longo do século XVII (Santo Domingo, Martinica e Guadalupe) e transformaram a região numa lucrativa empresa exploradora de açúcar, por meio do trabalho escravo em grandes propriedades de terra voltadas à monocultura, as plantations, nos moldes do que aconteceu no Brasil. Enquanto este último foi o que mais recebeu escravizados africanos, cerca de 4,5 milhões de pessoas, as Antilhas francesas traficaram mais ou menos 1,6 milhão de africanos.*

Assim, a escravidão foi a base da exploração do trabalho nas Américas e no Caribe, onde o clima favorecia as plantações de gêneros alimentícios como açúcar e café, casos do Brasil e da Martinica, permitindo a imensa acumulação de riqueza dos colonizadores e dando início à marginalização, à pobreza e à desigualdade das sociedades coloniais, formadas, pouco tempo após a chegada dos primeiros escravizados, majoritariamente por pessoas negras trabalhadoras sem quaisquer direitos. Para se ter uma ideia da vastidão da escravização na formação das populações das colônias, na Martinica, em fins do século XVIII, de uma população de 98,8 mil pessoas, 83,4 mil eram africanos escravizados.**

Mas antes disso, como no Brasil, quando chegaram às ilhas caribenhas, os europeus as encontraram povoadas por populações locais. Há indícios de presença humana nas Grandes

---

* Ver Pierre Pluchon, "Le commerce des africains", em *La Route des esclaves: Négriers et bois d'ébène au XVIIIe siècle* (Paris: Hachette, 1980), pp. 9-39.
** Para uma análise mais detalhada, conferir Maria Clara Braga Machado Campello, *Meu pranto, seu canto: Correspondências possíveis entre as obras de Carolina Maria de Jesus e Françoise Ega*. Tese (Doutorado em Literatura). Brasília: IL-UNB, 2022.

Antilhas desde 6000 a.C.* Quando Colombo chegou à Martinica, apenas dois anos depois de os portugueses terem desembarcado no que hoje chamamos de Brasil, a ilha já era habitada pelo menos desde o século VII.** À época, os colonizadores se depararam com os ameríndios caraíbas, que, nos mapas franceses do século XVII, eram denominados "selvagens", apesar de viverem em harmonia com a natureza, plantarem, conhecerem plantas medicinais e não desenvolverem doenças comuns às civilizações europeias. A medida de sucesso do colonizador vinha atrelada à acumulação de bens advinda da exploração da terra ocupada e da gente indígena e/ou africana.

Dos caraíbas descendia a mãe da narradora, que contou à filha: "minha avó [bisavó materna de Françoise Ega] era caraíba; os caraíbas eram os senhores da ilha, estão todos mortos; mataram eles". Já tia Acé, outra voz importante para o desarquivamento da linhagem genealógica da narradora, relata à menina que a avó dela (bisavó paterna de Françoise Ega) tinha sido escravizada e morrido em consequência de maus-tratos quando trabalhava grávida numa plantação de cana-de-açúcar: "A minha avó trabalhava na plantação de cana-de-açúcar [...]. A *béké*, louca de raiva, colocou ela nos ferros, presa no pescoço. Mamãe Titine nasceu naquela noite e a mãe dela morreu das consequências do parto. É por isso que eu não gosto dos *békés*".

---

* Ver S. Perrot-Minnot, "Le peuplement initial des Antilles". *Bulletin de la Société d'Histoire de la Guadeloupe*, Basse-Terre, n. 170, pp. 1-27, 2015. Disponível em: <www.erudit.org/fr/revues/bshg/2015-n170-bshg01792/1029390ar.pdf>. Acesso em: 29 abr. 2025.   ** Segundo informações compiladas pelo historiador Vincent Huyghues Belrose e tornadas disponíveis no portal do governo franco-martinicano: <www.martinique.developpement-durable.gouv.fr/IMG/pdf/_00_Prologue_13-04-02_cle657f38.pdf>. Acesso em: 29 abr. 2025. Ver também Jean-Pierre Giraud, "Chronologie des occupations précolombiennes de la Martinique". *Séminaire Martinique, Terre Amérindienne. Une Approche Pluridisciplinaire*, Fort-de-France, 8-9 maio 2007; Fort-de-France, 2013.

Aos poucos, identificamos vestígios reveladores da filiação de Françoise, ao passo que também aprendemos sobre o passado histórico antilhano. Referências morais para a protagonista, pai Azou, a mãe e tia Acé, assim como outras personagens que povoam a narrativa, representam elos importantes com o passado ancestral da menina e da ilha como um todo, operando como pontes que oferecem acesso a universos até então desconhecidos pela narradora (e talvez para nós, leitoras e leitores).

Com discurso à primeira vista simples, mas carregado de camadas de complexidades simbólicas, a narradora recorre às próprias vivências e lembranças, assim como às de outros narradores a quem passa a palavra e que a ajudam a remontar um passado individual, mas também profundamente coletivo. Nessa jornada em busca da (re)construção de si mesma, a narradora empreende outra longa viagem, rumo à reedificação da Martinica da sua meninice. Nós vamos juntos, ouvindo as histórias dela e de seus antepassados e aprendendo com eles.

Conhecemos, por exemplo, o termo crioulo *béké* e aprendemos como esses personagens se relacionam com a exploração da gente e da terra martinicanas. A narradora nos conta sobre os "canaviais dos *békés* 'varando' o horizonte". Nascidos na Martinica, são em geral grandes proprietários de terras, herdeiros dos colonizadores europeus, nas mãos de quem ainda se concentra boa parte das terras da região e, dessa forma, da riqueza da ilha. Os *békés* representam, desse modo, a perpetuação de privilégios coloniais na contemporaneidade.

Também compreendemos, por meio da leitura, que a presença do Estado francês na ilha daquele tempo se dá sobretudo por meio do ensino. Se, por um lado, as crianças pobres tinham acesso à educação pública e gratuita, mesmo em localidades mais remotas, havia um preço: tinham de se integrar à cultura francesa. Precisavam renunciar à língua materna, o crioulo martinicano, e adotar a língua e a visão de mundo do colonizador. Assim, Françoise nos conta, por exemplo, que, mesmo rodeada de pessoas negras como ela, aprendia na escola sobre as linhagens de reis europeus e recitava poemas em francês.

Ainda que vivessem em clima tropical, aprendiam sobre a geografia e o clima franceses e sonhavam conhecer montanhas longínquas cobertas de neve que estampavam os pôsteres enviados pela metrópole. De fato, embora a lei Jules Ferry, de 1882, institua a obrigação do ensino público às crianças entre seis e treze anos, determina que sejam ensinadas língua, literatura, geografia e história "particularmente" da França.* Lembramos que, entre as colônias francesas do Caribe, Martinica e Guadalupe permanecem sob domínio francês.

De modo que a elaboração da narradora de seu passado se dá, em boa medida, por meio de conversas com familiares e amigos, cujas lembranças lhe são transmitidas oralmente, assim como por sua vivência de menina que corria livre pelas matas e praias da Martinica. Portanto, ao ouvir os mais velhos, conhece sua linhagem caraíba e africana; ao brincar com as crianças do vilarejo onde mora, conhece plantas, peixes, cada árvore frutífera e flor que compõem o cenário de sua infância. No cotidiano entre parentes, vizinhos e amigos, vive a hibridez religiosa, povoada igualmente por santos católicos, fantasmas e videntes.

A literatura de língua francesa

No caso da literatura de língua francesa, apenas a partir do século XX autores negros passaram a publicar suas próprias representações de personagens negras. Assim, em 1921, René

---

* O conteúdo da lei está disponível em: <www.education.gouv.fr/sites/default/files/imported_files/document/loi_sur_l_enseignement_primaire_obligatoire_du_28_mars_1882_569032.pdf>. Acesso em: 29 abr. 2025.

Maran (1887-1960), martinicano como Françoise Ega, recebe o prêmio Goncourt por *Batouala*, romance com um herói negro. Mais de uma década depois, por volta de 1935, estudantes negros das colônias francesas em Paris passam a publicar textos sobre questões de raça, identidade e colonização, entre outros assuntos, no periódico *L'Étudiant Noir*. Entre eles figuravam Aimé Césaire (1913-2008) e Léopold Sédar Senghor (1906-2001). Nesse conjunto, as contribuições das mulheres, como as das irmãs Nardal e de Suzanne Césaire, também foram parar nas gavetas de outros arquivos. No entanto, tais trabalhos demorariam outras dezenas de anos para figurar, ainda que timidamente, nas antologias e manuais escolares. Durante a vida escolar de Ega, ela teve acesso apenas a escritores do cânone francês.

Foi preciso mais algumas gerações para que mulheres negras de expressão francesa, como Maryse Condé, Simone Schwarz-Bart e Gisèle Pineau, passassem a publicar. Mais ou menos contemporânea da geração que as precedeu, junto com Suzanne Césaire e pouco depois das irmãs Nardal, Françoise Ega não dispunha, no entanto, das mesmas vantagens que o grupo de estudantes antilhanos e africanos de Paris. Césaire e as irmãs Nardal vinham de famílias abastadas e foram enviadas pelos pais à metrópole para estudar, podendo se dedicar à leitura e a escrita.

Françoise Ega, ainda que formalmente escolarizada e bilíngue, migrou para Paris durante a Segunda Guerra Mundial em condições muito distintas, como trabalhadora, antecipando uma onda de migrações de outros trabalhadores antilhanos que ocupariam postos de trabalhos precários na França, realidade tratada pela autora nas *Cartas a uma negra*. Suas narrativas oferecem, portanto, perspectivas à margem da margem, da mulher negra antilhana periférica, dentro do campo literário de língua francesa dominado por escritores da metrópole, em geral homens, em que os livros de fora da França continental ganham pouco destaque e, quando isso ocorre, é preciso considerar outros recortes de gênero e classe.

Conhecemos bem, no espaço literário brasileiro, o lugar periférico reservado às nossas escritoras, sobretudo às autoras negras, e talvez por isso a afinidade sentida por Ega ao ler uma de nossas autoras mais importantes, Carolina Maria de Jesus, nos comova e nos incentive a empreender esse movimento inverso de leitura das obras de Ega, dando continuidade aos diálogos entre elas e os ampliando entre nós. Afinal, ao ler *O tempo da infância*, nos deparamos não apenas com a abertura de arquivos da autora-narradora, de sua família e seu povo, mas também com a abertura de nossos próprios arquivos. Pois compartilhamos trajetórias de colonização e escravidão que afetaram e ainda afetam os povos que habitam as Américas e o Caribe. A narradora de *O tempo da infância* empresta à imensidão transatlântica da história comum da diáspora a simplicidade perspicaz de uma vida de menina, inspirando um movimento de encontro e entendimento por meio da leitura. Para além disso, a autora nos oferece perspectivas de classe, gênero e raça renovadas sobre a França, as antigas colônias, a literatura de expressão francesa e o lugar da voz de autoria feminina nesse contexto.

Embora formalmente educada para tomar apenas a civilização francesa europeia como modelo de progresso e virtude, a narradora percebe, pelas frestas do sistema, a riqueza de uma cultura crioula, emergida do encontro entre povos, que valoriza a natureza, o trabalho com a terra, a liberdade e a importância de cada ser da Martinica perdida, da Martinica mítica reedificada na literatura. Além disso, ao conversar com outras personagens que lhe contam das origens africana e indígena, a menina alarga suas referências e se dá conta de que o mundo vai além da metrópole francesa e inclui outros espaços e pessoas com os quais ela se identifica.

A leitura como experiência libertadora

Ao mesmo tempo nós, leitoras e leitores, expandimos nossa percepção do mundo antilhano e do universo de língua francesa. Em geral, a França é percebida apenas como aquele pequeno pedaço de terra europeia, berço de ideias revolucionárias de liberdade, igualdade e fraternidade, ou das belas-letras de autores como Victor Hugo, Émile Zola, ou de outros mais contemporâneos como Annie Ernaux e Édouard Louis, entre tantos outros. Mas a França é também terra colonizadora, cujos limites ultrapassam os contornos geográficos e simbólicos de sua porção hexagonal, alcançando terras ocupadas durante a colonização, como a Martinica e Guadalupe, mais próximas geográfica e culturalmente do Brasil.

Foi possivelmente essa certa sensação de proximidade experimentada por Françoise Ega ao ler trechos de *Quarto de despejo* traduzidos para o francês que a moveram a publicar este *O tempo da infância*. A autora já escrevia suas memórias quando leu a escritora brasileira pela primeira vez, em 1962, mas pensava em deixá-las guardadas, como legado aos filhos que viviam em Marselha, contando a eles histórias ancestrais de seu povo antilhano. Foi a leitura da narrativa de outra mãe negra, herdeira da diáspora africana, periférica e autora publicada que a provocou a buscar um diálogo ampliado, para além das gavetas de família, permitido pela literatura.

Assim, esta tradução colabora com a construção desse caminho conjunto, a partir da contribuição ao aumento do corpus de autoras negras antilhanas publicadas no Brasil e no mundo lusófono, bem como com os estudos acadêmicos das letras francesas no Brasil, da literatura comparada, dos estudos culturais, da sociologia e de outras áreas interessadas pelas escritas de mulheres negras latino-americanas e caribenhas, aumentando também as possibilidades de leitura dessas narrativas.

O tempo da infância foi o primeiro livro publicado pela escritora e o único em vida. Além dele, foram publicados postumamente *Lettres à une noire: Récit antillais*, lançado em 1978 pela Harmattan, e traduzido pela Todavia em 2021 sob o título *Cartas a uma negra: Narrativa antilhana*; e o romance *L'alizé ne soufflait plus*, publicado pela Harmattan (2000) e ainda sem tradução no Brasil. A autora escreveu também o conto *Le pin de magneau* (1992), publicado em edição financiada pela família.

Em seu conjunto, os livros evocam a ancestralidade africana, a diáspora e a vida das pessoas negras na Martinica e na França, ainda sob os efeitos da colonização, enraizadas em arranjos racistas, classistas e patriarcais. Em *O tempo da infância*, sob a ótica da menina Françoise, sopramos para longe o pó do esquecimento, retiramos das gavetas seus arquivos, reedificamos o mundo de sua infância e viajamos com ela por séculos de história compartilhada. Afinal, como nos lembra a narradora: "O erro é imaginar que as crianças são incapazes de ter sentimentos tumultuosos e dizer, a propósito de tudo e de nada, que elas não entendem".

Este livro, publicado no âmbito do Programa de Apoio à Publicação 2024 Atlântico Negro da Embaixada da França no Brasil e da Temporada Brasil França 2025, contou com o apoio à publicação do Institut Français assim como com o apoio do Ministério da Europa e das Relações Exteriores.

Cet ouvrage, publié dans le cadre du Programme d'Aide à la Publication 2024 Atlantique Noir de l'Ambassade de France au Brésil et de la Saison France-Brésil 2025, bénéficie du soutien des Programmes d'Aide à la Publication de l'Institut Français ainsi que du soutien du Ministère de l'Europe et des Affaires Etrangères.

Le temps des madras: Récit de la Martinique © Françoise Ega, 1966. Publicado mediante acordo com os representantes da família Ega, Me Vincent Schneegans, Marselha, França, avocat@schneegans.fr.

Todos os direitos desta edição reservados à Todavia.

Grafia atualizada segundo o Acordo Ortográfico da Língua Portuguesa de 1990, que entrou em vigor em 2009.

capa
Violaine Cadinot
obra de capa
Peter Uka
preparação
Leny Cordeiro
revisão
Jane Pessoa
Ana Alvares

Dados Internacionais de Catalogação na Publicação (CIP)

Ega, Françoise (1920-1976)
  O tempo da infância : Relato da Martinica / Françoise Ega ; tradução e posfácio Maria Clara Machado. — 1. ed. — São Paulo : Todavia, 2025.

  Título original: Le temps de madras: Récit de la Martinique
  ISBN 978-65-5692-862-3

  1. Literatura francesa. 2. Romance. 3. Autoficção. 4. Memórias. I. Machado, Maria Clara. II. Título.

CDD 843

Índice para catálogo sistemático:
1. Literatura francesa 843

Bruna Heller — Bibliotecária — CRB 10/2348

todavia
Rua Fidalga, 826
05432.000 São Paulo SP
T. 55 11 3094 0500
www.todavialivros.com.br

fonte
Register*
papel
Pólen natural 80 g/m²
impressão
Geográfica